CONSTELLATIES

Constellaties

Roelof ten Napel

Uitgeverij Atlas Contact
Amsterdam/Antwerpen

De vertaling van het fragment van 'Das Schwere' uit
Von Schwelle zu Schwelle van Paul Celan op bladzijde 87
is van de hand van Ton Naaijkens, en is afkomstig uit
Verzamelde Gedichten, Meulenhoff, 2003. Alle andere
vertalingen zijn van de hand van de auteur.

Deze uitgave kwam tot stand door bemiddeling van
Sebes & Van Gelderen Literair Agentschap te Amsterdam.

© 2014 Roelof ten Napel
Omslagontwerp Vruchtvlees
Foto van de auteur Merlijn Doomernik
Typografie binnenwerk Sander Pinkse Boekproductie
Drukkerij Bariet, Steenwijk

ISBN 978 90 254 4399 3
D/2014/0108/790
NUR 301

www.atlascontact.nl

Op deze plaats was ik niet eerder: het ademen gaat anders, verblindender dan de zon straalt naast hem een ster.

FRANZ KAFKA,
Zürau Aforismen

Zomer Hij zit buiten en ik sta bij het raam. We hebben in de tuin een kersenboom, hij heeft een kruk gepakt en is er zo'n twee meter vanaf gaan zitten. Daar kijkt hij naar de kersen. Ik kan me slecht voorstellen wat hij denkt.

In de lade van de kast naast me ligt een camera, ik pak hem en maak een foto. Het scherm is te klein om zekerheid te bieden, maar volgens mij heb ik gevangen wat ik wilde, waarna ik het apparaat weer wegleg. Vanuit mijn ooghoeken zie ik dat hij opstaat en naar binnen komt, de kruk in zijn rechterhand.

Zijn naam is vreemd. Hij heeft wel een naam, of tenminste, wij hebben iets wat we beiden als zijn naam herkennen, je kunt hem alleen niet uitspreken. Hij bestaat niet uit letters of klanken, maar heeft de vorm van een driehoek. Toen we elkaar nog maar net kenden vroeg ik hem erom, zijn naam, maar hij vertelde dat hij hem enkel kon uitbeelden. Daarna hield hij zijn handen voor zich, duimen recht tegen elkaar en wijsvingers puntig de lucht in. Het was de eerste keer dat ik de driehoek zag.

Later heb ik hem gevraagd of we alles zouden delen. Hij vroeg me wat ik bedoelde. Ik vertelde dat het me lastig leek te leven met iemand die een gebaar heeft, als naam, maar dat het me misschien zou lukken als we elkaar verder alles zouden vertellen. Hij stemde in, daarom sta ik nu in het huis waar hij net weer binnenloopt.

We hebben gegeten. Hij ruimt de tafel af en ik ben alvast naar de woonkamer gelopen om op de bank te gaan zitten. Ik strek mijn vingers, kijk naar mijn hand. Hij roept vanuit de keuken.

— Wil je nog koffie of thee?

Ik denk even na.

— Thee, roep ik.

Hij zoekt in wat lades en haalt kopjes uit de kast. Ik probeer me, op gehoor, voor te stellen hoe hij water op vuur zet, en de schotels alvast op het dienblad. Gas aan. Hij loopt naar hier, de kamer in, en komt naast me zitten.

— Waar dacht je vanmiddag aan? vraag ik.

Hij kijkt op.

— Wanneer vanmiddag? Ik heb aardig wat gedacht.

— Toen je buiten zat, bedoel ik. Voor de kersenboom.

— O, de kersen. Ken je die tekeningen, van vroeger? Van die stippen, met getallen, die je moest verbinden?

Ik knik.

— Ongeveer dat, ik was de kersen aan het verbinden.

— Met lijnen?

— In mijn hoofd dan.

— Je hebt er volgens mij wel een uur gezeten.

— Het zijn veel kersen.

Ik moet lachen, en hij ook. Wat een idee. Ik zou verder willen vragen, maar ik weet niet waarnaar. Ik weet niet eens of er wel meer te vertellen is. Hij staat op, de ketel fluit.

We lopen samen, hebben al een poos niets gezegd. Het sneeuwt. Ik kijk naar van alles, dus eigenlijk naar niets, misschien. Af en toe voel ik hoe zijn hand mijn vingers anders vastpakt, en om de zoveel tijd sluit ik voor even mijn ogen. Dan loop ik niet meer over een stoep of schelpenpad, maar alleen nog naast hem. Dat is mooi.

— Ik besef net iets geks, zegt hij.

Hij kijkt me even aan.

— Hm?

— Nou ja, iedereen heeft het vast wel eens gedacht.

— Wat dan?

— Kies eens één moment, nu, een herinnering.

Ik denk na.

— Heb je iets?

— Ja.

— Is het een beeld?

— Wat is daar gek aan?

— Nou ja, dat er meestal geen geluid bij zit, dat drong tot me door.

Ik laat het even in me omgaan.

— Het is, zeg ik, alsof je een foto probeert te maken van vallende sneeuw.

— Zoiets, ja, eigenlijk wel.

Recht achter ons ligt het pad waarlangs we hier kwamen, maar als je terugloopt, zie je hoe de stappen steeds vager worden, gevangen door nieuwe sneeuw. Helemaal aan het begin zijn ze waarschijnlijk al niet meer te zien, dus ergens, in de buurt van deze plaats, begint spontaan een spoor.

Zomer Ik word wakker en sta op. Hij is vertrokken, vertelde me gister al dat hij vroeg weg moest, maar heeft alsnog een briefje achtergelaten. Beneden staat de rooster al klaar, het brood ernaast. Aan de andere kant een bord. Ik hoef maar langzaam te beginnen, zo. De ochtend is voorbij voor ik het doorheb.

Aan het begin van de middag vraag ik me af wat ik zal doen. Ik zit op de bank. Door het raam zie ik af en toe iemand voor het huis langs fietsen, het is mooi weer. Ik ga wat water halen. De kraan in de keuken sist zacht. Eerst vul ik het glas tot de helft; ik maak kleine cirkelbewegingen met mijn hand, laat het water rondkolken en giet dan het glas weer leeg. Daarna vul ik het helemaal. Ik drink, het smaakt fris.

Later laat ik het glas leeg achter, op de onderzetter, en loop ik naar de garage. Daar pak ik de kruk. Ik loop ermee naar de kersenboom en ga zitten. Wacht af. Ik raak afgeleid door een koolmees, jaag hem voorzichtig weg en kijk weer naar de kersen. Ik begin lukraak lijnen te trekken, in gedachten.

Dat werkt allemaal niet.

Ik loop terug naar binnen, zet de laptop aan, zoek tussen mijn bestanden naar de foto. Die print ik uit,

groot, en ik kijk ernaar. Ik weet niet wat ik zien wil.
Hij zit daar op de kruk. Hij kijkt gewoon. Ik snap het
niet, laat de foto achter op tafel en loop weer naar
de tuin.

Hoe kun je dit een uur lang doen?

Ik durf het hem niet te vragen.

Stel je voor: hij weet niet goed hoe hij antwoorden moet. Hij probeert het wel, zoekt woorden,
maar het lukt hem niet. Het komt niet over. Wat
dan.

Ik weet niet meer wat ik doen moet. Wat ik moet
zeggen.

— Heb je al wat vogelvoer gestrooid?

Schud mijn hoofd. Hij loopt naar buiten, ik zie
hem door het raam. Weer binnen gaat hij achter de
piano zitten, en begint hij te spelen. Het duurt even.
Dan stopt hij weer, hij komt naast me.

— Wat speelde je? vraag ik.

Dat is denk ik een goede vraag.

— Een prelude van Chopin.

— Mooi.

— Ja. Bach schreef achter preludes een fuga, maar
Chopin liet ze los, open. Eigenlijk gaan ze vooraf
aan alles wat erop volgt.

Zoals een spoor, denk ik. Zoals voetstappen. Hij
staat op. Straks: koffie, thee. Ik doe mijn ogen dicht.
Hij loopt naar de keuken. Ik voel mijn vingers.

— Koffie of thee?

— Thee.

Stilte. Stilte. Ik wil ontsnappen, maar ik denk niet dat dat kan. Zijn naam klinkt in al mijn herinneringen. Buiten hangen de kersen, en één ervan valt. Daarmee vallen alle constellaties die je net nog kon maken, moet je helemaal opnieuw beginnen, elke kers weer.

In the garden that is you
the snow comes like a breath,
but it may be the constellation
that shows us where we are

JAMES BLAKE,
'I am sold',
Overgrown

(...)

Draco, en NGC *6543*, de Kattenoognevel

Er was water. Het was er niet warm, en licht kwam van een olielamp. Ze waren ver van huis, geen kinderen meer maar nog niet precies iets anders. Ze konden niet slapen en besloten een verhaal te vertellen, samen, aan elkaar of henzelf.

Hij verzon Anders, en zei dat het een dief was.

Zij verzon Ester.

Ze keken elkaar aan, zoals hun gezichten zichtbaar waren in het licht. Ze begonnen.

Anders en Ester, *zei hij,* hadden een kamer voor de nacht gevonden. Anders nam de sleutel in ontvangst en ze liepen de trap op. De kamer was krap, maar niet té krap, en koud, maar als ze hun truien niet uitdeden, kon het nog.

Ester opende de kast, *zei zij,* (hoewel ze niets had om erin te leggen, en niets zocht om er te kunnen vinden), omdat ze het gevoel had dat je zulke dingen doet als je komt waar je tijdelijk zult slapen: kasten openen en opmerken dat het bed op een bepaalde manier zacht is.

Ze ging dus ook op het bed zitten, en merkte iets op over hoe ze dat ervoer.

Anders kwam ook zitten, *zei hij,* en knikte. Hij keek naar het sieraad rond Esters pols. Hij vroeg of ze dat af zou doen, als ze straks gingen slapen.

— Natuurlijk, zei Ester, *zei zij,* mensen doen hun armbanden af als ze gaan slapen, en ik ben tenslotte een mens.

Anders knikte weer, *zei hij*. Hij vond dat Ester de zaken goed op hun plaats wist te zetten. Hij en Ester besloten te gaan slapen.

En de nacht werd al dieper, al was onduidelijk wat dat inhield. Er stak een wind op die de ruiten onregelmatig in hun gleuven deed schudden.

Ester en Anders werden een nachtrust later wakker, *ging zij verder,* en zeiden tegen elkaar dat ze niet op deze plaats zouden blijven.

Hij knikte.

Ze pakten de weinige spullen, *zei ze,* die ze de avond daarvoor hadden gebruikt, en stopten ze terug in de tassen.

Anders pakte een kandelaar, *zei hij,* die niet van hem was, en stopte ook die in de tas. Toen ze alles in de tas hadden gestopt, liepen ze naar de man die de sleutel van hen terugnam, en zodra hij zich omdraaide om hem aan een spijker te hangen, renden ze naar buiten en weg.

Weken later bevonden Anders en Ester zich in een bos. Anders had op een kar een aquarium meegebracht. Tegen Ester zei hij dat hij hem gekregen had, hoewel ze wist dat hij een dief was, en het aquarium gestolen.

Ester en Anders tilden het aquarium van de kar, *zei zij.*

— We vullen hem met een laag water, zei Anders tegen Ester, *zei hij,* ongeveer zo hoog als de afstand van mijn mondhoek tot de grond, als ik lig, met mijn hoofd opzij.

Ze zochten iets om het water in te tillen, *zei zij, en ze trok de deken rondom haar strakker tegen zich aan.*

Ze vonden tussen hun spullen twee kommen, *zei hij,* waarvan Anders niet wist of hij ze gestolen had. Ze zochten en vonden een rivier om water uit te halen.

Hoewel ze evengoed gelijktijdig van de rivier naar het aquarium op en neer konden lopen, wachtte Ester niet op Anders, *zei zij,* en ze liep sneller, waardoor het zo ontstond dat Ester en Anders elkaar alleen in tegengestelde richting tegenkwamen; de één met, de ander zonder water.

Zo kon het gebeuren, *zei hij,* dat Anders bij het aquarium aankwam met een kom vol water die ze niet meer nodig hadden.

Daarvan dronken ze.

— Zo, zei Anders, *zei hij,* vannacht zal ik in het aquarium gaan liggen om te slapen, en morgenochtend zal ik erin ontwaken.

— Waar, vroeg Ester, moet ik slapen? *zei zij.*

Anders, *zei hij,* stal bladeren van de bomen en legde ze op de grond, om die zachter te maken. Uit zijn tas pakte hij een deken, die legde hij eroverheen. Zo maakte hij een plaats voor haar om te slapen.

Ester, *zei zij*, zag het aan en werd bewogen,
hoewel ze wist dat zelfs de deken gestolen was.

Anders en Ester besloten te gaan slapen, *zei hij*,
en ze gingen op hun eigen plaatsen liggen. Ester op
de gestolen bladeren en de gestolen deken, Anders
in het gestolen aquarium en water.

En ze fluisterden tussen de fragmenten door. Of de
ander het koud had. Dat ze elkaar nog konden zien,
hoewel het licht zwakker werd. En de nacht werd
dieper, en nog steeds werd niet duidelijk wat dat te
betekenen had.

Het gebeurde, *ging hij verder,* dat ze ontwaakten.
Anders zat overeind. Overal mist. Ester stond naast
hem op, en in de nevel konden ze elkaar amper zien.

En het was veel dagen zo, *zei zij,* dat ze plaatsen
vonden en op die plaatsen gingen slapen, en dat,
wanneer ze op die plaatsen ontwaakten, ze daar
weer vandaan trokken.

Veel dagen, *zei hij,* en zo sliepen ze vaak, en
vertrokken ze van veel plaatsen.

En een keer, *zei zij,* toen ze van zo'n plaats vandaan
getrokken waren, kwamen ze terecht in een dorp.
Anders keek rond naar alle spullen die er lagen.

Ze groetten mensen in het dorp, *zei hij,* en
stelden zich voor. Anders gaf zichzelf telkens een

andere naam, soms die van een dorpeling, soms niet. Ester noemde zich steeds weer Ester.

En deze dorpelingen, *zei zij,* hadden allemaal een ruw en gebroken soort gezicht.

In het midden van het dorp, *zei hij,* bevond zich een kapel. Ze groetten de man die in een gewaad bij de ingang stond, en Ester zei dat ze Ester heette, en Anders noemde zich weer anders.

En ze gingen de kapel binnen.

— Zullen we hier even blijven zitten? vroeg Ester, *zei zij.*

Anders stemde in. Ze gingen zitten in een van de lange houten banken.

— Waar, vroeg Anders, *zei hij,* komen de psalmen vandaan als ze gezongen worden?

— Uit de monden van de mannen die ze zingen, zei Ester, *zei zij.*

— Zijn het hun psalmen? vroeg Anders, *zei hij.*

— Nee, *zei zij,* de psalmen zijn van anderen, zei Ester. Of het moet zo zijn dat de schrijver van de psalm hem zelf ook zingt.

Anders, *zei hij,* begreep dit en knikte.

— Maar, zei Ester, *zei zij,* dit soort mannen zullen van zichzelf nooit beweren dat zij een psalm geschreven hebben, want zelfs tijdens het schrijven, zeggen ze, worden de woorden hun in de mond gelegd.

Anders, *zei hij,* begreep dit niet maar knikte evengoed.

En ze zaten een tijdje in die kapel, en ze keken naar de meubels. Ze waren het met elkaar eens dat het een vreemd soort meubels waren, die zich in de kapel bevonden.

En beiden bleven even stil, en dieper werd de nacht.

Anders, *zei hij ineens,* keek over zijn schouder naar waar de man in het gewaad stond.

Ester, *zei zij,* begreep wat er in zijn hoofd omging.
— Ik kan dit niet alleen tillen, zei Anders, *zei hij,* en hij keek naar de bank.
— Alleen deze keer, zei Ester, *zei zij.*

Ze liepen, *zei hij,* naar de voorste bank en verschoven hem zodat hij in het gangpad stond. Anders keek de hele tijd naar de deur en de man in het gewaad.

Ester ging naast de bank staan, *zei zij,* en boog haar knieën, en pakte de rand, haar handen achter haar rug.

Anders, *zei hij,* pakte hem van de zijkant vast.
Hij telde af en ze tilden hem op.
Anders en Ester begonnen met rennen.
— Pas op! riep Ester, *zei zij,* om langs de man in het gewaad te kunnen, en toen hij inderdaad in een reflex opzij stapte voelde ze een onbekende spanning.

Anders kreeg een brede lach op zijn gezicht, *zei hij,* terwijl ze de kapel uit renden. En ze renden met de kapelbank door de straat waaromheen het dorp was gevormd.

En de dorpelingen die hen eerder hadden gezien, *zei zij,* riepen hen na. Ze riepen vaak Ester, en zonder dat het de bedoeling was, vaak naar elkaar.

En ze raakten verward, *zei hij,* en Anders en Ester moesten lachen, rennend, de kapelbank in hun handen.

Na lang rennen, *zei zij,* uit het dorp en verder nog, kwamen ze in een veld met een paar struiken en bomen. Daar zetten ze de bank weer neer en gingen ze erop zitten.

Ester merkte op dat er geen vreemde meubels waren, *zei zij, en* en, *en ze stopte.*

Ze was begonnen te trillen, en het duurde even voor hij dat doorkreeg. Hij kwam naast haar zitten en sloeg zijn arm en eigen deken om haar heen, hij duwde haar tegen zich aan.

Ze bleef lang trillen. Ze ging niet verder met vertellen. Ze waren ver van huis, dacht ze, en geen kinderen maar nog niet iets anders.

Anders, *zei hij,* bekeek het veld. Hij herhaalde; daar, in het veld, waren geen vreemde meubels.

En de olielamp doofde. Het was niet hun olielamp, ze
hadden geen olie.
Eens in de zoveel tijd voegde hij een zin aan hun
verhaal toe.

Anders stal een blad van een struik.
Anders stal hoe hij zag dat Ester op de bank zat.
Hij stal een herinnering aan haar gezicht.
Anders stal de adem van veel verschillende
mensen, sommige allang gestorven.
En hij stal voetstappen terug naar de bank.

Haar trillen werd minder.

Anders, *zei hij,* kwam naast Ester zitten en zei dat ze
op de bank konden gaan slapen. Ze gingen languit
liggen, hun hoofden naast elkaar.
En het werd donkerder, *en het werd donkerder.*
En voor ze in slaap konden vallen, beloofde
Anders Ester dat als ze ooit een psalm zou schrijven,
hij die niet zou stelen.

En haar trillen stopte, en de nacht werd het diepst, en
hij klaarde vanaf dat moment op.

We grow
It hurts
I remember the songs we sang
I still hear your voice in them

Hallelujah, amen

DAVID ÅHLÉN,
'We sprout in Thy Soil',
We Sprout in Thy Soil

Roos komt binnen en vraagt me waar mijn haar is. Ik glijd met mijn hand over mijn hoofd en laat hem rusten in mijn nek.

— Weg, zeg ik.

Ze blijft stilstaan, boodschappentassen in haar handen, en kijkt. Ze laat mijn gezicht weer op haar inwerken.

— Je kan het hebben, zegt ze.

— Ja? vraag ik.

Roos knikt. Ze legt de tassen op het aanrecht en vult met de inhoud de laden. Ik kom naast haar en help. Ze raakt mijn hoofd aan, gespreide vingers — was er water, dan was dit een doop. Ik draai me naar haar toe. Ze legt haar andere hand erbij, ze haakt haar vingers in elkaar, boven mijn kruin.

En dan weer los. Eén hand glijdt langs mijn slaap naar mijn wang.

— Ja, je kan het hebben.

Een dag kwam Esau vermoeid uit het veld. Hij doodde dieren, sneed ze in stukken, bereidde ze. Maar die dag nog niet. Hij was hongerig toen hij aankwam bij zijn broer. Zijn broer had een soep klaargemaakt. En ze waren daar, beiden, de ene harig als een wolf, de ander met eten.

— Laat me drinken van dat rode, zei Esau, van dat rode daar.

Jacob vroeg hem om zijn eerstgeboorterecht. In ruil voor de soep.

Esau zou toch sterven, zei hij, hij hoefde het recht niet. Jacob dwong hem het te zweren en hij zwoer.

Toen gaf de jongere broer hem te eten, niet alleen van het rode, maar ook brood. Uiteindelijk is Esau inderdaad gestorven, maar die dag nog niet.

— Ik zal eten klaar gaan maken, zegt Roos.

Ze doet haar haren in een staart. Ik kijk door het raam naar buiten, waar het gras langzaam weer kleur begint te krijgen. Het is nog niet begonnen, maar het komt. De planten beloven zich alvast.

— Het gaat niet meer vriezen, zeg ik, deze februari.

— Nee, ik denk het niet, zegt ze.

— Ik zal maar eens gaan snoeien.

In de garage zoek ik een snoeischaar. Hij is nog scherp, of scherp genoeg. Het is al even geleden dat ik in de tuin ben geweest. Ik begin met de blauwe-regen, hangend over de pergola. Ik heb er een kleine trap bij nodig.

Terwijl ik snoei komt er een kat over het hout gelopen. Hij ruikt aan mijn vingers, springt naar de overkant, rent behendig verder. Ik houd me stil en kijk hem na tot hij weg is.

Na de blauweregen begin ik aan de appelbomen. Oude, grote takken, en alles wat zich afsplitst. Ik maak een stapel van wat ik weghaal. Hij wordt steeds hoger, we hebben meerdere appelbomen. Bij het wegsnoeien van een van de takken valt er een vogelnest naar beneden. Ik gooi de tak opzij en pak het op. Ik haal een woning weg, besef ik. Zou het werken als ik het ergens anders terugleg?

Ik kijk naar de rondgeweven twijgen in mijn handen.

Hebben vogels heimwee?

Misschien wil Roos het hebben. Ik loop met het nest naar binnen en laat het haar zien.

— Uit een appelboom? vraagt ze.

— Ja, zeg ik. Wil je het houden?

Ze komt naar me toe en bekijkt het nest.

— In de vensterbank, zeg ik, misschien.

Roos pakt het nest uit mijn handen. Ze bekijkt het van dichterbij. Zij vindt het ook mooi. Ze maakt ruimte bij het raam door twee vazen opzij te schuiven en legt het nest er neer.

En er kwam een dag dat hun vader oud geworden was, en blind, en hij Esau bij zich riep. Hij zei hem het veld in te gaan, een stuk wild te jagen en het klaar te maken zoals hij het wilde. Vervolgens zou hij hem zegenen.

Esau ging het veld in, jaagde een stuk wild en maakte het klaar. Hij kwam terug bij zijn blinde vader en schotelde het hem voor, zodat zijn vader hem kon zegenen.

Zijn vader vroeg hem wie hij was. Esau zei hem dat hij zijn oudste zoon was. En zijn vader schrok, en vroeg hem wie het dan was die hem net een stuk wild voorgeschoteld had.

Zijn vader zei Esau dat hij al gegeten had, en gezegend.

En Esau smeekte of hij niet ook gezegend kon worden. Hij werd gezegend met een mindere zegen.

Jacob had zich ombonden met geitenvellen, zodat hij voor zijn vader harig aan zou voelen, als zijn broer, hij had een van zijn eigen schapen geslacht en door zijn moeder klaar laten maken. Jacob had zijn blinde vader gezegd de oudste te zijn, had zich laten zegenen.

Esau wilde hem doden, en Jacob vluchtte voor hem.

Ik kom aan tafel zitten, Roos heeft hem al gedekt. Ze brengt als laatste de pan tomatensoep, en begint op te scheppen. Mijn diepe bord raakt vol. Even eten we zonder iets te zeggen. Het gerecht vult de kamer met zijn geur.

— Ik moest denken aan mijn broer, zeg ik, toen ik dat nest zag vallen.

Roos kijkt op.

— Het schoot door me heen, bedoel ik. Het nest viel en voor ik dat doorhad, dacht ik aan mijn broer. We hebben ooit een dode vogel begraven, hij en ik.

Ik eet weer verder, tot Roos me vraagt over die vogel te vertellen.

— We hadden een dode vogel in de tuin gevonden. Hoe hij er kwam, wisten we niet. Onze vader wilde hem weggooien, maar wij wilden dat hij begraven

werd. Als we dat wilden, zei mijn vader, moesten
we het zelf gaan doen. Mijn broer tilde de vogel in
zijn handen. Ik groef tussen de planten een kuil,
de aarde die ik weghaalde stapelde zich ernaast op.
Een graf en een hoop. Mijn broer legde voorzichtig
de vogel in de grond, en ik duwde de aarde terug.
We gingen weer naar binnen, en onze vader zei ons
onze handen te wassen.

Roos vraagt wat voor vogel het was.

— Geen idee, zeg ik. Voordat dat nest viel, wist ik
niet eens meer dat we hem ooit hadden begraven.

— Heb je er daarna nooit meer aan gedacht? vraagt
ze.

— Jawel, zeg ik, vroeger wel.

Het was ooit mijn enige heimwee, denk ik. Nadat
we voor de laatste keer uit de tuin vertrokken, toen
dat huis niet meer van ons was, had ik alleen heimwee naar die dode vogel in de grond.

Jaren later ging Esau op weg, Jacob tegemoet. Jacob
was bij zijn oom gaan wonen, had er geleefd, had
kinderen gekregen en een kudde dieren. Nu kwam
Jacob terug.

Jacob stuurde geschenken voor zich uit. Jacob
was na al die jaren nog steeds bang gedood te
worden.

En de nacht voor hij Esau ontmoeten zou, vocht
Jacob met God, en won hij, en gaf God hem een
andere naam.

Toen Esau en Jacob elkaar zagen — Esau kwam met vierhonderd man — bereidde Jacob zich voor. Hij zette wie hem het minste waard was vooraan. Jacob wist wat hij gedaan had.

Maar Esau kwam naar hem toe en omhelsde hem, en ze huilden. Esau vroeg naar de mensen die bij hem waren, en Jacob stelde ze voor.

Roos en ik doen de vaat met de hand. Het is maar weinig, wij zijn maar samen. Zij droogt. Soms pakt ze iets en gaat ze met haar rug tegen mijn rug staan, leunt ze zacht achterover. Dan probeer ik rustig door te gaan.

Het vaatwater krijgt de rode kleur van de soep, wanneer ik de diepe borden erin leg.

Ik kijk ernaar en stop. Roos droogt het laatste glas dat er ligt.

Ze legt haar hand op mijn hoofd.

— Wanneer gaan we bij hem langs, vraagt ze.

Ik leg mijn handen op het aanrecht.

— Weet ik niet, zeg ik. Weet ik niet. Nog niet.

[T]he landscape recorded our effect upon it, even if we did not have the means to document it ourselves. It could be said, therefore, that our first writing implement was the axe.

AUTUMN RICHARDSON
& RICHARD SKELTON,
Relics

Mijn huis ligt in de splitsing van een rivier, met oost en west een waterrad. De rivier loopt dwars door het veld. De voordeur komt uit op het noorden, als ik buiten ga staan zie ik in de verte een heuvel. Achter die heuvel begint het bos.

Ik zie hoe het gras zijn kleur al kwijt begint te raken, het haar van een oude man. Ik wandel steeds verder weg van het water. Sommige boomtoppen steken uit, die kan ik al zien, de wolken lijken ertussen te hangen. Ik kom dichterbij en ze verdwijnen even uit het zicht, tot ik boven aan de heuvel sta en over alle bomen uitkijk.

Eens ontmoette ik hier een vrouw, oud en klein. Ze steunde op een met houtsnijwerk versierde stok. Die had ze voor zich neergezet, haar beide handen lagen op het handvat, een vogelkop. Ik vroeg me af hoe ze op de heuvel was gekomen, maar heb het niet gevraagd. Het was een van de weinige keren dat ik iemand tegenkwam. Ze vertelde me een verhaal. Vroeger lag er geen bos, de mensen die hier woonden zagen het droger en droger worden tot ze ten slotte hun spullen bij elkaar pakten en vertrokken. Aan het begin van de laatste dag, in de vroegte, vond een groep mannen een stervend hert. Ze tilden het het veld in, gingen er op hun knieën omheen zitten. Ze hielden hun handen open alsof er iets uit de lucht zou vallen, alsof ze iets op moesten vangen. Het dier stopte met ademhalen en werd begraven.

Toen na jaren hun kindskinderen terugkwamen

op deze plaats, was er een bos. *Uit de grond steken bomen*, zeiden ze, *het gewei van een ondergronds reuzenhert.*

De vrouw staarde over de toppen, toen ze klaar was met praten. Ik wist niet of ik moest zeggen dat ik het een mooi verhaal vond. Misschien was het treurig, dat alle boomstammen hier eraan herinneren dat mensen zijn vertrokken, ooit. Een tijd lang stonden we naast elkaar, uiteindelijk gingen we tegelijkertijd weg. Ik kwam aan bij mijn huis en draaide me nog eens om, maar kon haar niet meer onderscheiden.

Ik begin met het maken van een maaltijd, in één grote pan. Alles komt uiteindelijk toch bij elkaar. Ik maak meteen voor meerdere dagen, dan warm ik het later weer op. In de keuken is één klein raam, dat ik op een kier zet vanwege de stomende hitte.

Een bord, een mes en vork. Een glas water. Verder is de tafel leeg.

Aan mijn muren hangen lijsten, niet altijd met een schilderij — dan zijn ze zwart, en reflecteert het glas. Ik ga er wel eens voor staan. Mezelf zien, maar donkerder. Soms sta ik daar en voelt het als opzet, hoe het eruitziet; ik tussen een stoel en een tafel. Dan besef ik dat ook momenten die me bijna zouden ontgaan gecomponeerd kunnen lijken.

De waterraden kraken. Ik doe alsof ik het stromen voel. Sommige delen van de wereld zitten aan de binnenkant. Het omgekeerde komt ook voor, dat wat ik ervaar iets van de omgeving lijkt, zoals neerslachtigheid, en stilte.

Ik kom van mijn stoel, laat het bord achter. Ik ga aan de rand van mijn woonkamer staan. Een bank. Een lage tafel. Een soort decor, er zit ruimte tussen de meubels en de muur. Ik kan erbuitenom.

Nadat ik de haard heb gestookt, 's avonds, pak ik vierkante vellen papier en vouw ik gebeden: zijden naar het midden, de bovenkant naar binnen, hoeken omhoog en omlaag om en om. Het zijn bloemvormen. Ik vouw er veel, leg ze op de tafel.

Als ik een gebed maak, de tijd neem om het op te stellen, zeg ik het evengoed tegen mezelf. Ik sta voor een raam en praat, iemand binnen — misschien mijn vader — knikt, hij hoort me. Maar ik ook, de klanken weerkaatsen tegen het glas en komen terug bij mijn oren. Ik ben nog een kind. Mijn stem is scherp genoeg. Op dat moment denk ik er niet over na dat de woorden die ik zeg al bestaan, dat ik moet zorgen dat ze zo veel mogelijk overeenstemmen met wat ik bedoel. Ik heb dat rode, geruite overhemd aan, dat later steeds bleker werd in de was. Moeder vroeg eens of we nieuwe kleren gingen halen. Toen hield ik niet meer van overhemden.

Een paar van de gevouwen hoeken buigen langzaam terug. Ik maak ze scherper. Wanneer ik denk dat ik klaar ben leg ik de vellen weer weg, ik zet een kruk bij de haard en pak de bloemen bij elkaar, gooi ze stuk voor stuk in het vuur.

Rook en as, die opstijgt en achterblijft.

Het knispert.

Sommige bloemen bollen op, ze worden zwart in het midden. De roodoranje rand van het branden kruipt steeds verder over het vel. Zo zit ik 's avonds vaak. Ik pak papieren bloemen van de vloer en gooi ze de vlammen in.

In een van mijn vroegste herinneringen loop ik met een oudere neef over asfalt. De huizen zijn hoog en smal, maar worden steeds breder, tot we aankomen bij een hek dat open kan. Een park. Het is koud, ik draag een sjaal en loop met mijn neef door een park.

De bomen waren nog vol, maar er lagen al bladeren op de grond. Hoe ze daar nog dansten, verdorden. We kwamen aan bij een stuk water. Mijn neef had onderweg steentjes gepakt en gooide ze steeds verder. Ik vroeg er een, kreeg het, gooide mee. Had geen idee waarom. Misschien dat ik er daarom nog van weet.

Ik lig in bed, de kamer is donker. Het is begonnen te regenen, het water stroomt sneller en dat hoor ik. De wind hijgt zwarte psalmen over de rivier, bespeelt het oppervlak als een altviool. Ik trek de dekens dichter om me heen, probeer een houding te vinden. Het morrende huis klinkt steeds verder weg.

Wanneer ik ontwaak voel ik me de trage, laatste herfstochtend.

Ik klim de heuvel weer op. Mist is tussen de kale stammen gezakt. Ik kijk achterom en zie een enkel huis in het veld, de splitsende rivier, de bruggen eroverheen.

De mist verdeelt het bos in lagen, de bomen worden hoe verder hoe lichter — of misschien niet lichter, gewoon minder. Ik loop voorzichtig de heuvel af aan de kant van het bos, ik loop er binnen en vraag me af waar het hert zou liggen.

Op open plekken hoor ik een vrouw zingen.

Het waait hard. Ik kijk naar boven en probeer wolken te zien. De grond is hier en daar al dor, er zijn geen bloemen overgebleven. Ik wrijf mijn handen warm. Het wordt steeds dichter. Ik leun tegen een boom, kijk naar boven. Het begint te regenen, tussen de bomen door op mijn gezicht en de grond. Ik ga tegen de stam zitten. Er ontstaan plassen, de aarde krijgt water. Het gewei wordt nog niet afgeworpen.

CONSTELLATIE

(...)

Barnard 33, de Paardenkopnevel

Een man rolt een grasmaaier naar voren en achteren, meerdere keren over hetzelfde stuk. Het gesneden gras maakt een kleine val van de messen naar de grond. Er komt een geur los.

Binnen, achter een gevierendeelde ruit, kijkt vanuit een stoel een vrouw toe; ze vraagt zich af wat het betekent, die man van het ene glas naar het andere. Het is binnen donker, ze ziet in het zonlicht dat amper voorbij de vensterbank valt stof bewegen als een zwerm vogels in de avond.

Hij kijkt op, de man. Ze zien elkaar door het raam.

Als ik doorheb, denkt ze, dat hij over me denkt terwijl hij me aankijkt, als ik weet dat hij zich dan afvraagt wat voor geheimen ik heb, waarin ik thuis ben, dan voel ik me schuldig zonder dat ik weet waarom — ik houd niets opzettelijk achter.

Ze kijkt van hem weg naar de lagen schaduwen op de vloer. Voor ze het weet zit ze met haar hand in haar haren, draait ze krullen. Wanneer iemand haar wantrouwt heeft ze de neiging zich verdacht te gedragen.

Een paar tellen later hoort ze het geluid van de grasmaaier weer, naar voren scherp, naar achter doffer en altijd net iets korter. In haar ooghoeken verplaatst zich traag dat lichaam.

Deze ochtend werd ze wakker en was hij al weg. Ze liep naar beneden, zag een bord met broodkruimels liggen, zag een verschoven stoel. Moet ik iets doen, dacht ze. Ze liep naar de kast vol boeken die ze toen ze jonger was gekocht had en vroeg zich af welk ze als eerste las. Af en toe pakte ze er een uit de kast, bekeek ze de kaft, sloeg ze het open en bladerde ze erin. Er was een boek dat ze niet meer teruglegde, waarmee ze in de stoel ging zitten en waar ze opnieuw aan begon. Soms was er een zin die ze zich, zodra ze hem las, herinnerde, en soms stopte ze midden in een passage om naar buiten te kijken — niet met opzet, zomaar. Zodra ze vervolgens weer verder las, was ze vergeten wat er in haar op was gekomen, en zo gingen de ochtend en het grootste deel van de middag voorbij.

Toen hij thuiskwam was ze bezig de boeken weer op volgorde te zetten. Hij liep door de woonkamer, pakte een krant van de tafel en verdween weer. Iets minder dan een uur later begon het geluid van de grasmaaier. Dit zal de laatste keer van het jaar zijn, dacht ze.

Nu, na het eten, kijkt hij een film. Veel trage beelden; van een moeder bij een aanrecht, van gras, van kinderen die in de verte staren. Vanaf de eettafel bekijkt ze zijn gezicht, ze gaat de vormen die zijn botten maken langs.

Een zeker moment kijkt hij op, en kijken ze elkaar aan. Ook als een gezicht dag na dag hetzelfde blijft, denkt ze, kan het langzaam iets anders gaan betekenen.

Haar naam is Ester, hij heet Noah.

Een paar dagen later loopt Ester door het dorp.

Ze neemt plaats op een bankje aan het plein. Het waait erg hard, ze ziet hoe de wind gevallen bladeren optilt en meeneemt, een paar seconden laat rondkolken. Wanneer ze ergens neervallen, liggen ze even willekeurig verspreid als ervoor; hier veel en dicht bij elkaar, verderop met meer open plekken, een bepaalde samenhang die geen moment echt bestaat, want de wind houdt aan.

Niks is alleen zoals het is, denkt Ester, het is verbonden, maar veel ontgaat me omdat het nooit stilstaat.

Wat achter haar ligt, daarover kan ze nadenken. Over foto's en herinneringen, over namen.

Het is het einde van de middag, en laat in het jaar, dus de lucht begint al te verkleuren. Ester vervolgt haar weg naar huis; ze staat op en krijgt door hoe koud ze is geworden. Ze passeert huizen die ze nooit van binnen zal zien, mensen met wie ze geen woord zal wisselen, en ze vraagt zich af wat het betekent om dezelfde taal te spreken, of dat kan. In een paar woonkamers zijn de lichten al aangedaan. Doordat ze afslaat waar dat niet moet of zou hoeven, en ze zich op kruispunten plotseling afvraagt waar een straat die ze nooit in gaat eindigt, is het al later op de avond wanneer ze thuiskomt. Noah zit in de woonkamer, op de bank, met een van haar boeken.

— Lees je het, vraagt ze, of kijk je er gewoon even in.

— Ik heb al gegeten, er ligt nog voor jou, zegt Noah, en is er een verschil?

— Weet ik eigenlijk niet.

Ester kijkt naar het ontstane gat in de boekenkast.

In de nacht wordt ze wakker, al weken. Eerst bleef ze een paar minuten liggen en keek ze naar het gebrek aan licht om haar heen, als dat nog kijken is. Nu stapt ze meteen uit bed. Zacht, om Noah niet wakker te maken. Een paar van de traptreden kraken, maar ze weet dat het alleen luid klinkt omdat het stil is. Pas in de woonkamer doet ze een lamp aan.

Uit een lade haalt ze een kartonnen doos, een naald, en draden. Ze gaat aan tafel zitten, onder de lamp, maakt het uiteinde van een rode draad nat en steekt hem door het oog. Dan maakt ze een knoop, waarna ze de naald door het karton prikt. Aan de overkant doet ze hetzelfde, de naald door het karton, maar nu van binnen naar buiten. Vervolgens omgekeerd, weer naar binnen, in een andere richting naar een andere wand. Het draad spant geometrische vormen in de doos. Er zitten nog draden van de vorige keer, dezelfde en andere kleuren. Ze moet soms secuur met beide handen werken om de rode draad niet verkeerd verstrikt te laten raken met wat er al is.

Zo is ze een tijdje bezig. Op een gegeven moment wisselt ze van kleur.

Soms gaat ze met een draad niet naar de overkant, maar spant ze hem rond een andere en terug. Er ontstaan lussen, alles wat hangt wordt afhankelijk van elkaar. Ze heeft geen idee wat er gebeurt als ze een van de draden doorknipt.

— Ester?

Noah staat in de deuropening.

Hij komt dichterbij en buigt zich voorover. Zijn schaduw valt deels in de doos, over de kleuren, en hij trekt zich weer wat terug.

— Ik kon niet slapen, zegt Ester.

Ze gaan niet meer naar bed, die nacht, en de doos wordt niet opgeborgen. Noah maakt ontbijt terwijl Ester aan tafel blijft zitten. Het zet zich haast roerloos voort, de ochtend.

Later, er valt al licht naar binnen, stelt Noah een vraag.

— Hoe ben je begonnen?

Ester schudt haar hoofd.

— Weet ik niet meer.

Ze kijkt naar haar onorthodoxe weefsel.

Noah drinkt water, hij kijkt om en om naar de draden, Ester en buiten. Even later vraagt Ester wat hij ervan vindt.

— Ik kan het moeilijk onder woorden brengen.

Hij staat op, legt zijn hand op haar voorhoofd en

laat hem over haar haren glijden. Hij vraagt haar of ze hem de volgende keer wakker wil maken, en ze knikt, en zijn hand beweegt mee.

De nacht ingegaan, helperig,
een sterren
doorlatend blad
in plaats van mond:

er blijft
nog iets wild te verspillen,
boomlings.

PAUL CELAN,
Lichtdwang

Terwijl ik in de namiddag op de drempel van de voordeur sta te leunen tegen het kozijn, komt er iemand vanuit de verte deze kant op lopen. Het bergpad is hier vlak, verderop begint het weer te stijgen maar steil wordt het nooit. Ik zie dat de wandelaar een man is. Hij heeft een grote tas op zijn rug en loopt ietwat voorovergebogen, hij kijkt naar de grond. Zo moet het er ook ongeveer uitgezien hebben toen ik hier de eerste keer kwam, maar zo zag het er niet uit, want niemand keek. Ik probeer me in te beelden dat ik die man ben die op me afkomt. Misschien liep ik hetzelfde, amper krom, per stap naar voren en vooral in gedachten.

De man staat al voor me wanneer hij me opmerkt, mij en mijn huis. Hij lacht om zijn eigen afwezigheid.

— Ik zag niet dat hier iemand woonde.

Hij bekijkt het huis. Ik spreid mijn armen, alsof ik het tentoonstel.

— Onderweg? vraag ik.

— Zoiets. Ik heb niet echt een eindpunt in gedachten.

Met het uiteinde van zijn mouw veegt hij zweet van zijn voorhoofd.

— Moet je nog eten?

Hij trekt zijn wenkbrauwen op.

— Ik kook toch al voor twee, normaal bewaar ik de helft een dag. Als je nergens op tijd hoeft te zijn, mag je best even blijven.

Ik vraag het zonder te denken. Hij krabt aan zijn hals en hij stemt in. Ik vertel dat ik Noah heet. Dat men hem Lux noemt, zegt hij; wie *men* is blijft me onduidelijk. Ik zeg hem dat hij binnen mag komen.

In de hal laat hij zijn schoenen achter, en in een hoek ervan zijn tas. Ergens te gast zijn komt overtuigender over wanneer je dingen af moet leggen. Lux rekt zijn spieren en hangt zijn handen kruislings aan zijn schouders. Ik ga hem voor door een gang naar de woonkamer, hij gaat er staan voor de glazen wand met zicht op de binnentuin. Aan de overkant kun je door twee glazen wanden een deel van de berg zien.

— Is alles van glas en hout? vraagt hij.

— Al het zichtbare.

Hij knikt terwijl hij rond blijft kijken.

— En bijna geen deuren, zeg ik. Het is echt een deel van de omgeving.

Blijkbaar word je deel van de omgeving door haar niet buiten te sluiten. Misschien wordt de omgeving juist een deel van jou. Misschien is dat hetzelfde.

— Je mag gaan zitten, zeg ik. Of helpen met koken.

— Ik help wel, zegt Lux.

Vanochtend liep ik met mijn fototoestel verder de berg op, waar de begroeiing dichter wordt. Ik kan lang naar bomen kijken. Ze uiten zich volledig in hun houding, in een ongekozen vorm — ze groeien waar plaats is, zoeken naar licht.

Er was mist tussen de stammen gezakt, vandaag, waar een tak doorheen leek te steken; hij kwam door de nevel naar voren, strekte zich dicht bij de stam nog horizontaal, maar vanaf een bepaald punt zakte hij bijna recht omlaag. Ik vroeg me af of er iemand had gestaan waar ik stond, lang genoeg voor de tak om een drang te krijgen naar hem of haar te reiken. En of op een zeker moment die ander dan verdween, de tak het opgaf.

Maar misschien groeide het gewoon zo. Dat is het probleem — twee gelijke bewegingen kunnen compleet verschillende bedoelingen hebben. Wat een beweging dan nog betekent, weet ik niet zeker. Misschien betekent ze al die bedoelingen tegelijkertijd, of probeert ze dat tenminste.

Aan het einde van de dag is een tak ook gewoon een tak.

Wandelend door de nevel herinnerde ik me een ochtend dat ik en mijn neef in een weiland stonden. We waren nog jongens. Ook toen hing er een dichte damp, boven het gras. Robin wees.

— Zie je die koe?

In de verte was de kop van een koe te zien. De rest niet, dat was al opgeslokt, de mist omvatte nu haar hals. Ze leek ons aan te kijken. We liepen op blote voeten in de richting van het dier. Langzaam kwam haar lichaam terug, en in de verte zag ik ook een hek opdoemen.

— Mist is eigenlijk het spook onder de landschappen, zei ik.

— Hè?

— Het is er, maar ook weer niet echt, en het laat fragmenten zien van wat er eerder te zien was.

Robin liet het even in zich omgaan. Hij kon de gedachte wel waarderen, trok een gezicht als wanneer je een simpel dier iets slims ziet doen. De koe liet haar kop zakken en begon te grazen. We stonden bijna naast haar.

Hier op de berg zijn geen koeien te bekennen. Ik heb nog een paar foto's gemaakt, maar vooral gedacht en gelopen, de bomen zelf bekeken. Hun bast was vochtig donker, op sommige plaatsen waren takken nat genoeg om een drup te vormen. Die vielen hier en daar, als een langzame regen. Alles leek te vertragen.

Nadat we de gebruikte spullen in de vaatwasser hebben gedaan, gaan Lux en ik weer naar de woonkamer. Ik ga zitten, Lux loopt langs de muren waaraan foto's hangen. Bij elke blijft hij stilstaan. Soms buigt hij zich naar voren, dichterbij.

— Gaaf, zegt hij.

Hij gebaart met zijn hand, maakt rondjes voor een gedeelte van de foto om een gebied te benadrukken. Dat kan ik vanaf hier niet precies zien.

— Die stippen, in de boomvormen.

— Ik werk veel met multiple exposure, zeg ik.
Dezelfde film aan verschillend licht blootstellen.

— Twee foto's over elkaar maken.

— Ja.

— Zijn die stippen dan sterren?

Ik blijf stil tot Lux zich omdraait, en knik.

— Ik fotografeer de schaduwkant van de boom,
zodat daar de eerste keer geen licht valt. 's Nachts
vul ik de foto aan met constellaties.

Lux loopt verder.

— Maar dit is alleen je gezicht, zegt hij bij een zelf-
portret.

— Dat was voor een project waarin ik mijn baard
zou laten groeien.

— Niet afgemaakt?

— Mijn baard heeft niet de juiste kleur.

Tot zijn negentiende heeft mijn neef zich stee-
vast geschoren. Daarna stopte hij plotseling. Na een
paar weken vroeg ik ernaar.

— Vanwege onze opa, zei hij.

We hadden beiden donker haar, maar zijn baard
was op plaatsen rossig. Dat had onze grootvader
ook, vertelde hij, dat zei zijn moeder. Onze moeders
waren zussen, deze genen hadden we nog nooit
gezien.

Ik schijn de vormen van zijn gezicht meer geërfd
te hebben. Iets na mijn twintigste zei mijn groot-
moeder dat ik sprekend leek op de man op wie ze

ooit verliefd geworden was. Dat soort complimenten kunnen alleen oude mensen maken, dacht ik nog.

Lux gaat zitten. Aan de ene kant wil ik hem vragen stellen, aan de andere kant vraag ik me af of ik wel wil weten waarom iemand zonder doel voor ogen ergens vertrekt. Dus ik vraag naar de afgelopen dagen.

Hij heeft eten ingeslagen bij het winkeltje aan de voet van de berg.

— Ik vind het mooi, van die dorpen die je in één oogopslag haast geheel kunt zien.

— Ja, ik ook.

— Maar, zegt hij terwijl hij over zijn schouder kijkt, dit portret heb je wel bewaard.

Ik kijk op, naar mijn gezicht.

— Om het jaar wil ik zo'n foto maken, zeg ik, om te zien of ik iemand achternaga.

De weken die volgen vertrekt Lux niet. Hij maakt het eten steeds vaker klaar, haalt de boodschappen en stoft soms af. In het begin vroeg hij telkens of het niet erg was dat hij bleef, of hij niet tot last was, tot ik vertelde dat ik het wel prettig vond dat er eens iemand was.

Hij is eenentwintig, zeven jaar jonger dan ik. Heeft een bachelor informatica gedaan, maar wilde er niet mee verder, hij wilde weg, vertelde hij, voor het te laat was.

— Te laat? vroeg ik.

— Voordat ik ergens neergestreken was, zei hij, een vaste plek die ik niet achter zou kunnen laten, en een baan. Voor ik in een leven groeide waaraan ik geen behoefte had. Ik bedacht dat dat kon. Dat die hele maatschappij iets is waaraan je bewust deelneemt.

We zaten bij de salontafel. Lux keek naar zijn knieën.

— Het voelde niet menselijk, zei hij. Alsof iedereen aan het vergeten was dat we er met elkaar zijn, alsof iedereen langzaam vergat dat al die systemen, ergens achter de oppervlakte, het gevolg zijn van interactie met anderen.

— Je wilde een simpeler leven, zei ik.

— Nee, niet simpeler — directer. Ik wilde te maken hebben met mensen.

Eerst vond ik dat raar, voor iemand die informatica studeerde, maar steeds meer begin ik het anders te zien. Die systematiek is voor hem een soort taal, zoals houding dat voor bomen is, en anderen gingen er roekeloos mee om. Anderen maakten zijn taal voor hem, zoals hij het zegt, onmenselijk.

— En jij, vroeg hij me, hoe kom jij hier?

— Ik wilde de sterren goed kunnen zien, zei ik.

Daar liet ik het bij. Lux vroeg niet verder. Hij had al gezien hoe de nacht hier is. Misschien kon hij zich voorstellen dat dat het enige was.

Het huis was hem inmiddels bekend, alleen de doka had hij niet van binnen gezien.

— Daar heb ik niks te zoeken, zei hij toen ik vertelde dat hij wel binnen mocht komen, ik zie de foto's wel wanneer je ze ontwikkeld hebt.

We lopen in de richting van de bebossing. Lux is al vaker gaan wandelen, ik weet niet hoe ver. Ik heb mijn fototoestel bij me, en een aantekeningenboekje.

Soms vraag ik hem op bepaalde plaatsen stil te staan. Dit keer onder de tak die plotseling zakt. Hij kijkt ernaar, omhoog. Ik neem afstand, zoek een plaats vanaf waar de omgeving verlicht is. Het moet in één keer goed. Ik moet een compositie maken met elementen die ik nog niet heb, haal me sterrenbeelden voor de geest om te kijken of ze zouden passen in de silhouetten van een mens en een tak.

In het boekje maak ik een schets van de belangrijkste elementen, zodat ik vannacht de tweede laag foto's kan maken.

— Ja? vraagt hij.

— Ik ben weer klaar.

We gaan verder, tussen de bomen door. Hier loopt geen pad.

— Ik heb eens gehoord, zegt Lux op een gegeven moment, dat bomen vertakken volgens patronen rond de gulden snede, omdat hun bladeren op die manier het meeste licht kunnen opvangen.

— O? vraag ik.

— Ja, ik weet het niet precies meer. Het is lang geleden.

Ik bekijk de bomen. Normaal ben ik me wel bewust van hun vormen, maar niet op die manier. Het is nooit in me opgekomen dat bomen ook een soort onderling overeenstemmende lichaamsbouw hebben.

Een hele tijd zeggen we niets.

Al jaren heb ik deze soort rust niet gevoeld. Alsof ik langzaam aan het stikken was, en het niet doorhad. Ik haal diep adem, kijk waar ik mijn stappen zet. Het dringt langzaam tot me door hoe bekend ik hier ben. Hoe ik aan het ontbreken van overzicht ben gaan wennen, en mijn weg kan vinden.

We beginnen terug te lopen, in de richting van het huis, terwijl ik door mijn aantekeningen blader.

— Ze moeten me steenloos begraven, zei Robin ooit.

We liepen door het dorp, geloof ik, en ik wachtte tot hij doorging met praten. Dat gebeurde niet.

— Wat? vroeg ik.

— Gewoon, in de grond. En boven me moeten ze een boom planten. Een magnolia, misschien. Ik zou graag verder leven zonder bewustzijn.

Zoals onze grootvader, dacht ik — Robins baard, mijn gezicht.

We bleven lang stil.

— Moeiteloos, zei mijn neef op een gegeven moment nog.

Ik weet niet of hij het tegen mij had. Ik dacht aan mijn grootvader, voor hoever dat kon. Het was me blijven verbazen dat ik meer van hem had dan foto's. Dat mensenlichamen ontstaan uit bestaande trekken, dat je ouders in hun kinderen kunt herkennen. Dat een man die ik nooit had gezien zijn sporen in me naliet. Zijn leven ging aan dood voorbij.

— Heb je wel eens gedacht dat moedervlekken op sterrenbeelden lijken? vroeg ik na een tijdje.

— Ze lijken niet op sterrenbeelden, zei Robin, meer op landkaarten. Voor een sterrenbeeld missen ze diepte — de sterren van zo'n patroon staan niet op gelijke afstand. Soms zijn ze honderden lichtjaren van elkaar verwijderd. Eigenlijk hebben ze niets met elkaar te maken.

— Behalve dat wij ze wel zo zien.

— Dat is waar.

— Raar, als je erover nadenkt.

— Hm?

— Dat, zo ver weg, het verschil tussen afstand en intensiteit zich opheft. Een verdere ster kan feller schijnen dan een andere dichterbij.

— Wel met ouder licht. Wat we van die sterren zien is van veel langer geleden.

— Maar tegelijkertijd hier.

De foto's zijn gedroogd. Een reeks menssilhouetten gevuld met sterren. Terwijl Lux boodschappen haalt hang ik ze rond de kamer. De oude foto's scan ik in, ik zet ze op internet om te verkopen. Daarna maak ik een rondje door de kamer om alle foto's nog eens te zien. Op deze momenten, als alles dan klaar is, kijk ik er anders naar. De foto's maken zich van me los, ze hangen, ik doe er niets meer aan.

In de keuken zet ik water op vuur, leg ik een theezakje klaar. Ik loop naar buiten, het gedeelte in dat door mijn huis wordt omgeven. Er staan twee bomen, er is wat gras, verder vooral aarde. Ik hurk en leg mijn handen op de grond. Hier waait het nooit. Naast rust is er hoogstens regen. In de lucht trekken wolken langzaam langs. Mijn huis is wel veranderd, sinds er een ander leeft, maar het is niet drukker geworden.

Lux roept dat hij thuis is. Plots hoor ik ook de ketel fluiten, vraag me af voor hoe lang al. Binnen is Lux begonnen met het uitstallen van boodschappen op het aanrecht. Drie van vier broden gaan de vriezer in. Ik schenk mijn beker vol.

— Moet je ook? vraag ik.

Lux denkt even na.

— Jawel.

Ik help met het opbergen van de spullen.

— Zijn de foto's gelukt? vraagt Lux in de woonkamer.

Ik gebaar met mijn hoofd naar de muur.

— O, zegt hij, ze hangen er al.

Hij staat op van de bank en bekijkt de beelden waarin hij in zekere zin zichzelf moet zien, maar ook weer niet. Ik vraag me af of hij constellaties herkent. Hij neemt de tijd om te kijken, zijn thee wordt langzaam koud.

Na een paar minuten komt zijn eerste reactie. Zijn rug is nog naar de kamer gekeerd, alsof hij tegen de foto praat.

— Ik lijk net een fantoom.

Fantoom

Van Oudgrieks φάντασμα [phantasma].

Iets — gezien, gehoord of gevoeld — zonder duidelijke, fysieke origine. Iets waarvan je, met andere woorden, niet precies kunt zeggen of het aanwezig dan wel absent is.

Het Grieks komt van φαντάζω [phantazo], 'zichtbaar maken', wat afstamt van φαίνω [phaino], 'aan het licht brengen'.

Een fantoom is, anders gezegd, iets dat schijnt.

Op een dag vraagt Lux me hoe het was voordat hij hier kwam. Het verbaast me dat we het daar nog nooit over gehad hebben. Ik begin te vertellen over de invulling van mijn dag, in hoeverre die anders was. Dat ik één keer per week de berg af wandelde, voor boodschappen.

De eerste keer dat ik in het winkeltje kwam, vroeg de eigenaresse al hoe ik heette. Iedereen die binnenkwam begroette ze met naam. Ze onderhoudt alles in haar eentje, ze heeft geen kinderen — maar die eerste keer, nadat ik mijn naam had gezegd, vertelde ze dat ze zich ieders moeder voelde.

— Mensen komen naar mij toe als er iets is. Ik ben ook de oudste, inmiddels.

Ik knikte voorzichtig.

— Moeder, dat houdt meer in dan iets voortbrengen. Dat is ook iets verzorgen.

Ik kom eigenlijk alleen voor mijn boodschappen, dacht ik even. Maar ik vond haar wel warm. Ik vroeg me af of *grootvader* meer is dan voortbrengen. Haar heb ik het niet gevraagd. Misschien is *grootvader* iets dat in anderen terugkomt. Ik zocht in de winkel wat ik nodig had.

— Kan ik ergens pakketjes versturen? vroeg ik.

— Ook hier, zei de vrouw.

Ze moest glimlachen — was er trots op, dat ze veel voor anderen deed en betekende.

— Dan neemt degene die de voorraad brengt het mee naar een postkantoor. Je kunt bij mij ook dingen bestellen, of nou ja, op mijn adres worden dingen bezorgd.

Ik knikte.

— Schrijf je brieven? vroeg ze.

— Nee, ik maak foto's.

— O! Nou, hier kun je een bult mooie plaatjes maken.

Daar stemde ik mee in. Ik vroeg of ik af kon rekenen en stopte alles daarna in mijn tas. Toen ik wegging groette ze met mijn naam.

Ik raak me kwijt in mijn verhaal.

— Vraag een andere keer maar verder, zeg ik Lux.

— Ga ik doen.

Ik controleer op de laptop of er nog foto's gekocht zijn, maak pakketjes klaar. Tegenwoordig neemt Lux ze mee naar het dorp. De eigenaresse heb ik al weken niet gezien.

Plotseling besef ik dat ik haar naam niet weet. Nooit heb geweten, ook. Nooit heb gebruikt — daarin lijkt ze inderdaad op mijn moeder.

Ik schuil onder een boom. Alle wolken zijn donker, maar ik zie dat het in de verte helder is. Ik ben ver van huis, en heb geen haast. Zal wel wachten tot het opklaart.

Een paar weken nadat Robin zijn baard had laten staan, stonden we ook zo.

— Katherine kwam een keer kleddernat thuis, zei hij, daar heb ik geen zin in.

Zijn zusje stond aan de overkant van het pad te schuilen. We waren naar de stad gewandeld en nu op de terugweg. Ik vroeg me af hoe lang de bladeren regen tegen zouden houden. Af en toe riep Robin iets naar de andere kant.

Katherine was veel rustiger dan hij, niet alleen toen. Ze had de hele tocht weinig gezegd, pakte zelfs een boek uit haar tas en begon al lopend te lezen.

— Ik waarschuw je niet, hoor, als je ergens tegenaan gaat knallen.

Robin gaf zijn zusje een por.

— Een boom zie ik wel aankomen, zei ze.

Ik keek onderweg af en toe hoe ver ze was. Doordat ze om de zoveel tijd een bladzijde omsloeg, werd ik me bewust van de afstand tussen verschillende punten. Sommige stukken schatte ik eerst korter in, omdat ze heel lang hetzelfde bleven. Herhalende lantarenpalen, of bomen.

Ik kan me, hoe erg ik het ook probeer, niet herinneren waar Robin en ik het over hadden. Hij rende als eerste onder de takken, dat weet ik wel, nog voor het regenen hevig begon te worden. Katherine maakte zich niet druk om de druppels die op bladzijden vielen. Kaften van boeken die ze las overleefden het meestal ook niet.

Ze had haar boek uit voor de regen ophield. De rest van de tijd heeft ze naar de lucht gekeken. Het werd steeds minder.

— Daaronder regent het meer dan hier, zei ze toen ze onder de boom vandaan stapte.

Ze begon met lopen. We kwamen achter haar aan.

Ik besluit ook dit keer niet te wachten tot er helemaal niets meer valt. Mijn schoenen worden na een paar stappen al vies van de modder.

Ik zeg Lux dat hij moet vragen hoe laat de voorraad gebracht wordt, zodat ik mee kan rijden.

— Meerijden?

— Ik ga een week of twee naar mijn geboorteplaats.

Hij knikt, zegt dat hij het vragen zal. Het is al avond, ik ben half in een boek aan het lezen. Lux is bezig met het schrijven van een brief. Ik weet niet aan wie. Vaak kijkt hij op van zijn papier, naar buiten.

— Rare vraag, zegt hij, maar heb je een dambord?

Even denk ik na.

— Misschien.

Ik sta op, loop de kamer uit naar een ruimte vol dozen die ik amper gebruik. Sommige zitten onder het stof. In de derde die ik openmaak zie ik het hokjespatroon, het bord ligt tegen de zijkant, en na wat zoeken vind ik de damstenen. Ik kijk ernaar. Vraag me af waarom ik zoiets heb meegebracht terwijl ik alleen was. Misschien heeft Katherine het meegegeven. Het zou iets voor haar zijn. Om te voorkomen dat ik vergeet dat er anderen bestaan, zoiets. Ik breng de spullen, leg ze op de tafel.

— Zin?

Ik knik en maak het doosje stenen open, ze
glanzen nog. We leggen ze op het bord en beginnen.
Ergens op de helft vraag ik of Lux iets drinken wil.
Hij reageert niet. We communiceren via een bord,
nu. Ik zwaai in zijn gezichtsveld.

— O, wat? vraagt hij.

— Of je drinken wilt.

Hij wil, ik haal uit de keuken. Als ik terugkom
zie ik het bord weer, de stenen op de diagonalen, ze
maken hoeken, lijnen; ik zou zeggen, sterrenbeelden, maar daarvoor ontbreekt die diepte weer, dus:
landkaarten.

En toch. Ook de stenen hebben iets van tijd.
Welke eerst gezet werden, welke later. Ook dat kun
je er niet meer aan zien.

We spelen verder. Het voelt raar, zo tegenover
iemand te zitten, niet te praten. Wanneer hij me
verslaat, kijken we elkaar langere tijd aan.

— Dankje, zegt hij dan.

Ik knik.

— Dit kan vaker, zeg ik.

Hij kijkt naar het bord waarop nog een paar witte
stenen liggen.

— Zou ik mee kunnen?

Ik blijf stilzitten.

— Die twee weken. Zou je dat erg vinden?

Hij fronst, kijkt dan weg naar zijn brief.

———

Robin
Verkleinvorm van Robert.

Robin zei eens dat dat van Roodbaard komt, maar het stamt af van het Germaanse *Hrodebert*, dat uit de elementen *hrod* en *beraht* bestaat.

Hrod betekende 'faam', en *beraht* 'fel' of 'schijnend'. *Hrodebert* zou dus 'schijnende roem' betekenen, maar je zou er, misschien, 'beroemd licht' van kunnen maken.

Zoiets als een ster.

———

Katherine haalt ons op van het station. In de auto stel ik Lux aan haar voor, ik zeg dat hij bij mij aan het logeren is. Katherine vraagt hoe we elkaar kennen.
— Lux kwam op een dag langslopen.
    Ze kijkt kort naar hem in de spiegel.
— Op die berg?
    Ik knik.
— Waarom begeef je je op bergen, Lux?
— Ik was aan het reizen.
    Daarna zijn we weer stil. Het valt me op hoe makkelijk we weer beginnen met praten, ik en

Katherine. Zomaar. We komen steeds dichter bij het dorp, de bekende wegen doemen weer op. Ze verdragen de tijd, net als wij.

Katherine lijkt er geen last van te hebben dat Lux erbij is. Ik weet niet waarom ik heb ingestemd — misschien wordt alles er opener van, dacht ik. Ik was bang dat het anders een bezoek aan vroeger zou worden, dat we geen oog zouden hebben voor het feit dat we blijven veranderen.

We komen aan bij het huis waar mijn oom en tante woonden. Katherine geeft me de huissleutels, zegt dat ze nog wat spullen moet halen.

— Installeer jezelf maar vast, anders.

Ik en Lux stappen uit en gaan naar binnen. De meubels zijn nog hetzelfde. Ik vul een glas met water, Lux loopt de kamer in.

Vanaf de eettafel is er zicht op de tuin. Ik probeer tot me door te laten dringen dat ik hier ben. Het is lastig, ergens, dat dit nog steeds als thuis voelt. Dat er een plaats is, ver weg van mijn huis, waar ik me meer mezelf voel dan elders.

— Is deze van jou? roept Lux.

Ik zet mijn glas op tafel.

Lux staat bij een muur, kijkt naar mij. Hij gebaart naar de foto die er hangt.

— Hij lijkt niet helemaal op wat ik van je gezien heb, maar hier heb je ook een boom, en in de hoek herken ik sterren. Ze overlappen minder goed, maar toch.

Ik bekijk de foto weer. Hij is niet verkleurd, zit strak achter glas.

— De boom is van mij, zeg ik, de constellaties zijn van mijn neef. Ik had een oude camera gekregen en vergat het rolletje verder te draaien.

Wanneer Katherine terugkomt met de auto pakken we onze tassen uit de achterbak. We brengen ze boven, naar de logeerkamer. Daar sliep Robin vroeger. In haar eigen oude kamer bewaart Katherine al haar boeken.

Beneden is ze al begonnen met koken.

— Ik heb foto's meegenomen, zeg ik haar.

Lux en ik maken de tafel klaar en gaan alvast zitten. Aan de takken, buiten, kun je zien dat het heel licht waait. Deze tuin wordt niet omgeven, er is geen hek of schutting, je kunt zien hoe de verte zich uitstrekt. Dicht bij de horizon begint het water.

Katherine dient op. Er komt stoom van de pannen. We beginnen met eten, en een hele tijd is eten het enige dat we doen.

— Gaat alles goed? vraagt Katherine dan.

Ik geef aan dat ik even moet kauwen.

— Ja.

— Op die berg van je.

Ze wijst naar het pakketje op tafel.

— Zijn dit de nieuwe foto's?

Ik knik. Ze maakt het open, bekijkt ze aandachtig.

— Je hebt nu ook menssilhouetten.

— Dat ben ik, zegt Lux.

— Daar ontbreek je, zegt Katherine terug.

Lux lacht.

— Ik kan ze niet allemáál ophangen.

— Ach, zeg ik, wissel ze maar door.

Ze legt de foto's weer opzij.

— Geen kiekjes van je huis.

Voor het eerst sinds ik terug ben komt haar lach. Katherine lacht met één mondhoek, en nauwelijks. Ze deed het vroeger ook al niet vaak.

Ze vindt het grappig om *kiekjes* te gebruiken.

— Moet je eens meekomen, zeg ik, dan kun je hem zien.

— Andere keer.

We eten verder. Ik kijk naar Lux, hij lijkt rustig. Achteraf doen wij de vaat en leest Katherine in de tuin.

— Ik denk dat ik ga proberen te werken aan mijn brief, zegt Lux.

— Succes, zeg ik.

Hij gaat naar boven. Ik volg hem om mijn camera te halen, ga dan de tuin in, langs Katherine. Het is harder gaan waaien. De magnolia, bijna midden in de tuin, laat zijn wit-roze bladeren vallen. Ik zoek een hoek met het juiste licht. Ik hurk. De bladeren worden vallende schaduwen. Ik klik en draai de film niet verder.

Katherine en Lux zijn al gaan slapen. Bij het licht van een zaklamp zoek ik in mijn tas naar mijn statief.

— De magnolia? vroeg Katherine toen ik vanmiddag de foto maakte.

— Vooral de bladeren.

— Dan ben je precies op tijd hier.

Ik ging bij haar zitten. Ze legde haar boek niet weg. Ik schoof de rugleuning van mijn stoel naar achter. Het was helder, wolken waren kleine witte vlekken. Vanuit mijn ooghoek zag ik hoe Katherine bladzijden omsloeg. Ik vroeg me af hoeveel boeken ze inmiddels gelezen had, of ze dat bijhield.

— Hoe zit het nu precies met Lux, vroeg ze iets later.

— Zoals ik het zei.

— Hij kwam langslopen.

— Ik stond in mijn voordeur en hij kwam de berg op. Ik zei dat hij mocht blijven eten, als hij wilde. En tot nu toe is hij er nog.

— En hij kwam mee naar hier.

— Ik vond het wat raar om hem in mijn huis achter te laten.

— Daar zit wel wat in.

— Vind je het erg?

— Dat je hem meegenomen hebt?

— Ja?

Ze keek weg.

— Het maakt het anders dan anders. Dat is wel fijn.

— Het maakt het anders dat ik hier ben.

Ze bleef wegkijken, ze zei niets meer.

Het werd donker, ik had geen omgeslagen bladzijden om te meten hoe lang dat duurde.

— Ik ga maar eens slapen, zei ze.

Ik kon haar gezicht al niet meer goed zien.

— Zorg dat je het niet koud krijgt.

Ze liep naar binnen. Ik keek over mijn schouder. In het kale maanlicht zag ik af en toe nog een blad uit de magnolia vallen.

Ik vind mijn statief, probeer Lux niet wakker te maken terwijl ik uit de kamer vertrek. Door de tuindeur ga ik naar buiten en ik begin te lopen in de richting van het water.

Tijdens de treinrit hing er mist boven de weilanden. We waren vroeg vertrokken, de man die het winkeltje de voorraad bracht deed 's ochtends veel verschillende dorpjes aan. De treinrit ging nog wel even duren. Af en toe zag ik door de mist een dier.

— Waarom wilde je mee? vroeg ik Lux. Wilde je niet verder reizen?

Hij keek uit het raam.

— Ik wilde zien hoe iemand thuiskomt.

Lux legde een hand in zijn nek.

— Ik was al een tijdje aan het reizen toen ik bij jou kwam. Je bent de eerste waarbij ik langer dan een week ben gebleven. Toen ik vertrok, genoot ik nog. In het begin zijn al die ontmoetingen met vreemden fantastisch. Allemaal mensen voor wie je nog niemand bent. Je hoeft nog geen rekening te houden met wie je tot dan toe was.

— Maar dat gevoel is weg?

— Iedere keer dat ik afgelopen weken overwoog verder te gaan, realiseerde ik me dat ik het zou missen. Aan al die nieuwe ontmoetingen hangen mensen die ik achterlaat. En het worden er steeds meer.

De trein schoot een tunnel in. Even was alles donker.

— Toen je zei dat je naar je geboorteplaats ging, hoor ik Lux zeggen.

Het werd weer licht.

— Ik begon me af te vragen of ik een goeie keuze aan het maken was. Daarom wilde ik iets meekrijgen van hoe jij terugkomt waar je tijden niet bent geweest.

Er werd een station omgeroepen, maar niet het onze. Lux had beide handen op zijn knieën gelegd.

Hij keek op, en opgewekter.

— Ik wil proberen een brief te schrijven, eerst. Aan mijn ouders en broer. Eigenlijk ben ik daar al mee bezig.

Ik stel mijn statief op in het veld, richt mijn toestel naar boven en ga ernaast zitten. Waarop ik wacht, weet ik niet. Ik kijk naar de constellaties.

Met de camera naast me is het net of er iemand meekijkt.

Oud licht. Deze lichten waren er eerder dan ik.

Het waait hard, ik voel mijn haren. Ik ga liggen. Het is goed om sterren te herkennen. In de nacht gaan alle plaatsen op elkaar lijken.

Ik denk aan Robin.

En het overkomt me — de aarde draait maar traag, constellaties verdwijnen langzaam, maar opeens weet ik dat ik de foto moet nemen. Ik kom overeind, ga op mijn knieën naast de camera zitten, controleer de sluitertijd. Ik neem de foto. Ik kijk naar boven.

———

Nebula
Van Latijn *nebula*, 'kleine wolk', 'mist'.
(Vergelijk met het Nederlandse *nevel*.)

Een interstellaire gas- en/of stofwolk, onder andere gevormd na de explosie van een ster, wanneer deze onder zijn eigen zwaartekracht instort (een *nova*, van *nova stella*, 'nieuwe ster', foutief zo genoemd doordat een ineenstortende ster zijn laatste levensperiode feller begint te schijnen, en daardoor in sommige gevallen pas op dat moment voor mensen zichtbaar wordt).

Er bestaan ook zogenaamde absorbtienevels ('donkere nebulae'), die zo dicht zijn dat ze achterliggend licht (van andere nebulae of van sterren) niet doorlaten.

Een bekend voorbeeld daarvan is de Paardenkopnevel *(Barnard 33)*, die zijn naam dankt aan de silhouetvorm die wij erin herkennen.

———

Robin en ik zijn aan het dammen. Hij is technisch beter, herkent spelsituaties en weet welke zet dan het beste is. Ik speel meer per moment, probeer te zien waar de gevaren liggen.

Uiteindelijk komt dat op hetzelfde neer, natuurlijk, maar Robin heeft al het denkwerk al eerder gedaan en moet het nu terughalen.

Hij strekt zijn hand in de richting van een steen, dan weer terug.

— Wil je een verhaal horen waarmee ik je af kan leiden? vraagt hij.

— Kun je doorspelen terwijl je praat?

— Misschien niet.

Richting het einde word ik beter. Er zijn nog maar een paar stenen. Ik krijg overzicht. Het probleem is dat ik inmiddels te veel verloren heb. Robins moeder roept, we gaan eten.

— Remise, zeg ik.

— Ik win en je weet het.

Ik geef me over. We ruimen de stenen op, gaan naar de eetkamer.

Na het eten gaan we naar buiten. Mijn tante wil het huis even leeg hebben, ze zegt dat het mooi weer is. Het is ook mooi weer. Ik vraag of we naar het water zullen gaan, Robin vindt het goed.

Om de zoveel stappen glijdt zijn slipper van zijn voet af.

— Je kunt ook gewoon op blote voeten lopen, zeg ik. Het is toch gras.

Een paar minuten houdt hij koppig vol. Later loopt hij met slippers in de hand verder.

Er is niet echt een strand. Het gras loopt een heuvel af, dan ligt er een meter of twee aan zand en stenen, daarna begint het water. Zwemmen doen mensen hier ook niet echt. Daarvoor is het veel te lang ondiep. De golven leggen zich voorbij zichzelf, laag over laag, en komen traag bij onze voeten terecht.

— Moeten we nu iets zeggen? vraag ik.

— Geen idee. Heb je iets te vertellen?

— Nee, maar het leek me zo'n moment.

Mijn neef kijkt me aan. Hij gaat zitten. Ik trek mijn schoenen uit, leg ze naast hem en loop verder het water in.

— Oppassen hoor, het wordt ineens diep.

— Ik kan zwemmen.

Een eindje verder komt het water tot mijn

knieën, ik heb mijn broekspijpen opgerold. Ik draai me om.

— Eigenlijk is het water veel te koud, roep ik.

Robin legt een hand op zijn gezicht.

— Daar kom je een beetje laat achter.

Ik loop langzaam terug naar het droge, ga nog even naast hem zitten. De zon trekt omlaag en verkleurt het water. Ik wou dat ik mijn camera bij me had, al is die zo oud dat hij de kleuren niet goed zou vastleggen. Ik hoop dat ik me dit later herinner.

Mijn tante vraagt of ik blijf slapen. Ik kijk Robin aan.

— Leuk, zegt hij.

Ik vraag of ze mijn moeder wil bellen. We staan nog buiten, Robin pakt een doek waarmee ik mijn voeten schoon kan maken. Mijn tante loopt de woonkamer in.

We gaan naar boven om mijn kamer klaar te maken. Ik blijf wel vaker logeren. Mijn oom komt de trap af, zwaait door de open deur. Ik zwaai terug. Robin kijkt naar de klok. Weer beneden pakt hij een bordspel uit de kast, dat hij klaarlegt op tafel. We gaan bij de televisie zitten.

Een paar minuten later komt ook Katherine weer thuis.

Die avond spelen we Risk, mijn oom wint. Hij wijt het aan zijn jaren in het leger.

— Hoe lang is dat geleden? vraagt Katherine.

Ze leek zich niet echt in te zetten, maar was de laatste die verslagen werd. Mijn oom trekt zijn schouders op. Ondertussen heeft mijn tante thee gezet, ze brengt de kopjes op een dienblad naar de tafel. Na het drinken vraagt Robin me of we naar boven gaan.

Het is donker, buiten. Robin opent het dakraam van zijn kamer, klimt erdoorheen en houdt het voor me open. Ik volg hem. Hij heeft een plankje dat hij tussen het raam en kozijn legt om te voorkomen dat het dichtvalt. We klimmen een paar dakpannen omlaag en komen aan op het platte dak van de garage. Daar gaan we op zitten.

Robin tuurt omhoog. Het is koud.

Af en toe wijst Robin naar een bepaalde groep sterren, noemt hij hun naam. Ik kan het niet allemaal onthouden. Beneden gaat het licht uit, er valt geen gloed meer op de tegels in de tuin. We horen mensen de trap op lopen.

Mijn ogen wennen zelfs nu nog aan het donker. Ik kan het gezicht van mijn neef steeds beter zien. En steeds meer sterren.

— Had ik al verteld hoe je de poolster vindt?

Robins stem klinkt grauwer, alsof hij een droge keel heeft.

— Ja.

We vallen weer stil. Uiteindelijk voel ik de kou

niet meer. Ik zie constellaties die even geleden nog boven aan de hemel stonden steeds verder wegzakken.

— Sterren zijn een soort fantomen.

Mijn neef kijkt omhoog met een blik alsof hij iets verloren heeft, maar ermee kan leven. Misschien is dit een moment om iets te zeggen. Ik blijf stil.

— We zien ze, maar weten niet of ze nog branden. Misschien zijn ze al jaren vergaan. We zien iets waarvan we niet zeker weten of het er werkelijk is, het schijnt — ze schijnen, sterren,

Robin komt overeind, praat verder,

— ze geven ons een kans, misschien jaren voorbij hun verdwijnen geven ze ons een kans om ze te zien. Of ze er nu zijn of niet.

Ik wil iets antwoorden. Robin staat roerloos naar boven te staren. Ik ben bang dat hij bijna naar binnen gaat. Dat het te laat is. Ik denk na, maar er komen geen woorden in me op.

Robin draait zich naar me toe. Hij strekt zijn hand uit en helpt me overeind. Hij wil naar binnen gaan, maar ik blijf vasthouden.

— Wat is er?

— Zal ik mijn camera pakken?

Hij lacht, loopt achter me aan over de dakpannen en houdt het raam open. Ik kom terug met het toestel. Op de garage vraag ik welke constellatie ik zal fotograferen. Robin wijst. Ik stel de camera goed in, maar weet niet wat ik moet zien.

— Doe jij het maar. Langer stil blijven staan dan je gewend bent.

Mijn neef neemt de camera aan. Hij zet hem voor zijn oog, zoekt in de lucht naar wat hij bedoelde. Robin trilt, ik zie hem trillen. Hij drukt de knop in. Het oudste licht valt mijn oude apparaat in. De film, binnen, bewaart het moment — de constellaties, de witte stippen, maar ook mij, en Robin. Hoe wij hier op de garage staan en naar boven staren. Al dit licht.

(...)

.

SN1006, een gastster in *Lupus*

Mijn oma gaf me de sleutel, en zei dat ik maar even moest gaan kijken of er nog iets lag wat ik wilde hebben. Zelf had ze niet veel meegenomen naar haar nieuwe appartement. Ik duw de voordeur open, stap naar binnen, veeg mijn schoenen en hang mijn jas aan de kapstok.

Ze heeft zo'n huis waarin de kamers niet scherp te onderscheiden zijn. Had zo'n huis, moet ik zeggen. Vanuit het gedeelte dat de hal zou kunnen zijn klimt een trap de hoogte in, naar een soort balkon met uit mijn zicht een bed, waarop licht valt door een dakraam. Daar, verderop, de eerste deur. Een badkamer. Hier beneden, onder het balkon, een open keuken rond een hoge eettafel. Je ziet de tuin door de glazen schuifdeuren. In de hoek van het huis, twee traptreden omlaag, een zitgedeelte. Die traptreden waren helemaal niet handig meer. Ook op de begane grond ligt een afgesloten ruimte, ik denk door de architect bedoeld als studeerkamer, maar daar sliep ze, de laatste tijd. Vooral die badkamer op de eerste verdieping was een probleem geworden. Ernaast loopt een tweede trap, verder omhoog, naar een soort zolder. Ook logeerkamer, daar sliep ik vaak.

Er is maar weinig rommel, de tuin heeft een ruime schuur.

Hoe meer ik rondkijk, hoe meer het me verbaast dat ze hier nog zo lang woonde. En hoe meer het me verbaast dat het haar gelukt is hier afstand van te doen.

Ik herinner me een middag in de zomer dat ik hielp in de tuin. Op mijn knieën mos tussen de tegels wegschrapen. Mijn oma verderop in een stoel. Ze had niet zoveel last van onkruid, zei ze, maar zonder stond wel zo netjes, en ze vond het gezellig dat ik langskwam. Volgens mij was ik ongeveer op de helft toen ze cake en thee bracht. Ik kwam even bij haar zitten.

— Je loopt vreselijk te zweten, zei ze.

Ik keek over mijn schouder alsof ik haar controleerde.

— Ik heb nog wel iets anders liggen, zei ze, straks.

— Van pap, zei ik.

— Van je vader, en je oom, die zijn min of meer even groot, dus daar deden we niet moeilijk over.

Ze haalde een handdoek waarmee ik mijn gezicht droog kon vegen, en ik ging verder. Soms keek ik op en was ze even weg. Soms had ze haar ogen dicht, en een heel vanzelfsprekende glimlach.

— Nu moet je andere smoezen verzinnen, zei ik toen ik het appartement kwam bekijken.

— Nu moet je maar uit jezelf komen, zei ze.

Ze weet wel raad met woorden.

Die zomermiddag ging voorbij. Ze vroeg of ik bleef eten, ik stemde in en zei dat ik een douche ging nemen. Deed mijn schoenen uit bij de schuifdeur, liep de trap omhoog. Onder de douche ontdekte ik een snee van mijn schouder tot het midden van mijn rug, waarvan ik niet wist hoe hij er gekomen was. Buiten de badkamer lag na het douchen een overhemd klaar. Het zat goed, het paste. Ik was in mijn vader gegroeid. Dat is ook een soort familieband, dacht ik, overhemden delen.

Volgens mij maakte ze die avond nasi, al kan dat een andere keer zijn geweest. Ik herkende de smaak, van hoe mijn vader het maakte, maar zij deed het beter.

Inmiddels zijn de bomen sinds die zomer voor de zoveelste keer kaal. Ieder jaar lijken ze hetzelfde, maar ieder jaar zijn het andere bladeren die vallen. Het tegelpad is niet te zien.

Ik loop de twee traptreden af naar wat je een woonkamer zou kunnen noemen. Daar staat de piano, ik til het deksel op en druk een paar toetsen in. Ontstemd. Haar vingers waren niet vlug genoeg meer, zei ze eens. Blijkbaar hield ze hem dus ook niet meer bij. Het lijkt me vreemd om te weten dat je iets wat je lang gedaan hebt niet meer gaat doen. Om voor jezelf te zeggen dat je er klaar mee bent. Al kan ik haar nog horen spelen, in mijn hoofd. Ze hield van Grieg.

Ik ga naast de piano zitten, op een bank. Ik bekijk het huis. De holte die het lijkt, waar paden doorheen gaan. Een bekende geur. Hoe alles erbij staat. De fantomen van deze woning, meubels waar nog iets in zit, waaruit iets in me opkomt. Hoe komt het toch dat een leven in een omgeving slijt. Als water langs steen — dit huis is zonder mijn oma een wijde kloof.

Ik zie door het raam hoe harde wind zich op het gras drukt en lichtvlekken over de grond verplaatst. Vogels houden zich vast aan een zwiepende tak.

Hier binnen is het stil.

Ze heeft de klok meegenomen, zie ik nu. Er tikt niks meer. Ik ga naar het zoldertje, waar ik sliep toen ik hier langer was. Daar staan een paar dozen. Het is best donker, ik rol een gordijn omhoog. Alsof ik Lazarus laat ontwaken.

Ik kniel neer naast het bed en schuif er een doos onder vandaan. Fotoalbums, ansichtkaarten. Achterop, de letters van een oud en verkleurd handschrift. We kunnen ze verdelen onder de mensen die erop staan, als ze nog leven.

In een tweede doos een klein vierkant kaartje, met in kalligrafie de zin: *ik was nooit ver van huis.*

Een tekening in zwarte inkt van een paard.

Allemaal voorwerpen.

Herinneringen buiten een lichaam. Licht verzameld in een blad dat valt en deel wordt van de grond.

Ik vind een map met plaatsen die ik bedacht, die heeft ze verzameld en bewaard. Ze zijn zelfs ouder dan dit gebouw. Ik verzon plaatsen en bracht ze in kaart, gaf ze een naam. Als ze af waren bracht ik ze naar haar, dan vertelde ik haar wat voor dieren er leefden, hoe het eruitzag. Dat ze die nog heeft. Ik bekijk ze één voor één; sommige kan ik me voor de geest halen, andere ben ik kwijtgeraakt, daarvan is de kaart het enige dat is gebleven.

Een eigen cartografie. Wat zal ik ermee doen? Meenemen? Oma zal wel weten dat dit er nog is. Misschien dat ze daarom die sleutel heeft gegeven. Met de map loop ik de trappen af naar beneden, ik leg hem op de eettafel en zoek in de lades van de keuken. Ze zijn allemaal erg leeg, maar ik vind nog een bol draad. Ik zoek plakband en begin draad als waslijnen door het huis te hangen, naar het zitgedeelte en omhoog, naar het balkon. Onze eigen atlas, de kaarten met knijpers aan de strak-gespannen draden. Ze wiegen hier en daar soms rustig heen en weer, waardoor je kunt zien dat er een lichte tocht is. Ik heb geen camera, dus maak ik foto's met mijn telefoon, vanuit allerlei hoeken, vanaf allerlei afstanden. Een laatste leven, hier.

Ik ga het haar laten zien. Ze zal haar hoofd wel schudden, rustig lachen om mijn gedrag. Dat ik de moeite neem. Maar ze zal het mooi vinden.

Als ik klaar ben met het maken van foto's blijf ik op de grond liggen. Ik zie half de onderkant van het balkon, half het dak. Draden die onder allerlei hoeken door mijn zicht gespannen hangen. Alle-maal plaatsen die niet bestaan, waar we samen waren. Ik lig op de grond, en ik weet niet wat ik voel, en wil dat het nog even zo blijft.

Daar is de tuin waar je het zonlicht voor de laatste keer ingaat, en waar je vrouw op je wacht.

EDOUARD LEVÉ,
Suicide

— Hier, zegt Lux. Alles is al klaargemaakt.

Hij gebaart met zijn hele arm naar de kamer.
Dekens strak over het bed, de kastdeuren open.
Lege planken als handpalmen. Lux lacht simpel.

— Ik zal hem even vullen, zeg ik.

— Prima, dan ben ik beneden.

Hij loopt de logeerkamer uit, straks gaan we
eten. Nu blijf ik achter met mijn tas op de grond. Ik
pak mijn kleren en leg ze gesorteerd per plank in de
kast. Er hangt geen klok.

— Kan ik nog een douche nemen, roep ik de trap
af.

— Ja hoor, echoot het.

Op een kamer die niet of maar tijdelijk van mij
is kleed ik me uit, een kamer met ernaast, zonder
gang ertussen, een andere ruimte met eigen douche
en bad en wasbak.

Ik was me, en droog me, en kleed me weer aan.
Ik schuif het gordijn open, het schemert. Hoewel
ik het nooit vanaf hier heb gezien, herken ik het
landschap.

Hopelijk vragen Lux en Ester niet naar mijn
nieuwe woonplaats. Ik wil niet over andere plaatsen
praten, ergens anders vandaan komen, zelfs al leef
ik in andermans vertrekken.

Het wordt tijd om naar beneden te gaan. Bij de
trap ruik ik al eten.

In de avond fiets ik, alleen, naar de rand van het
dorp en verder nog, langs het vervallen theater, naar
het veld waar we samen vaak zaten. Als ik door zou
gaan kwam ik bij de rivier, bij de steiger. In het veld
staat een magnolia. Verder amper bomen of struiken, vooral hoog gras. De magnolia is kaal. In de
lente raakt hij binnen enkele dagen zijn bloemen
kwijt, daarna wordt hij groen alsof hij alles is vergeten. Ik laat secondes achter in het gras. Ik denk aan
Ester. Ik weet niet of ze gelukkig is, misschien is dat
voor haar niet vanzelfsprekend. Ze kan goed lachen.
Morgen is zij er ook, en de dag erna — deze week,
ik heb één week hier. De zon is al lang onder, ook
de schemering begint weg te trekken. Ik kijk naar
de boom, hoe hij zich op de lucht lijkt te leggen,
eroverheen. Het is net of hij hangt. Takken van een
magnolia. Dat alleen maar bewegen, zonder reden.

Het was zomer, of zomer aan het worden, en warm.
Ester trok haar armen voor haar gezicht om zich te
weren tegen het water; Lux en ik sprongen met kleren
en al de rivier in. Ze moest om ons lachen, boog achter-
over naar haar tas en pakte er een dichtbundel uit. Lux
en ik zwommen verder naar het midden, er was minder
stroming dan we hadden gedacht.
— Waarom doen we dit voor het eerst, riep Lux.
— Ja, riep ik, geen idee.
Lux ging kopje onder. Ik dook ook, maakte armbe-
wegingen alsof ik het water opzij kon trekken. Het was

zwart, daar onder, we zwommen het donker in. Toen ik
weer bovenkwam was Lux al aan het roepen.

— Echt niet?

— Nee, riep Ester, ik zit hier goed. Maar ga gerust
verder.

  Lux keek naar mij.

— Noah, moet je hier eens kijken.

  Ik maakte lange slagen naar hem toe.

— Waar, vroeg ik toen ik er was.

— Waar je nu bent, recht naar beneden.

  Ik dook weer, dieper, en zocht. Ik keek rond, of draaide in ieder geval mijn hoofd, want ik kon niks zien. Is
dit het dan, dacht ik. Dit zelfs geen zwart. Plotseling
voelde mijn zwemmen als vallen. Ik keek omhoog. Mijn
lucht schoot uit mijn geschrokken longen, voor me
langs — ik raak het kwijt, dacht ik, ik moet naar boven.
Ik greep of ik klom, voelde hoe een massa water in een
seconde kan veranderen in vloeistof, hoe het me niet
meer leek te dragen, maar ik kwam dichterbij, steeds
dichter bij lucht.

  Toen ik aan de oppervlakte terugkwam was ik
alleen in het water.

— Ester, riep ik, waar is Lux gebleven?

— Die dook precies toen jij bovenkwam. Maar
misschien mag ik dat niet zeggen.

— Vindt hij dat grappig?

— Ik denk het.

  Zij lachte. Ik probeerde het. Ik wachtte tot Lux weer
opdook.

— En, vroeg hij, gezien?

— Wat?

— O, niks.

We zwommen terug naar de kant, trokken ons op aan de steiger en gingen naast Ester zitten. Lux dreigde zijn arm om haar heen te slaan. Hij was verliefd maar wist niet wat hij zou moeten zeggen. Ze kenden elkaar al. Hij had gezegd dat Ester vast iets had laten merken, als ze hetzelfde voelde. Ik zei toen dat ik dacht dat Ester wel meer niet vertelde. Lux vroeg niet verder. Dat juist dat het probleem was, misschien, zei ik niet.

— Dit moeten we vaker doen, zei hij.

Met z'n drieën gaan we naar het vervallen theater, bij het veld. We zetten onze fietsen tegen de loskrullende posters van voorstellingen die al lang zijn geweest. De eerste keer ging ik als eerste naar binnen, de grote hal in, langs de lege balies een trap op naar een zaal.

We kwamen steeds vaker en begonnen regels te bedenken. Hoe je moest lopen, wat je aan mocht raken. Steeds meer regels. Na iets meer dan een jaar hadden we het gevoel dat er geen ander meer bij kon. Het spel was af — geen idee wat het doel was, je kon niet winnen, wel meedoen.

Het ging niet zoals ik had gedacht, daarnet. Ester kwam aan bij Lux. We zeiden niets bijzonders, ze leek niet anders dan anders. We pakten gewoon de fietsen.

Nu loop ik naar het midden van een rij, ik klap een stoel open. Hij kraakt, maar ik ga zitten. Lux komt ernaast. Ester loopt door, het podium op.

— Ik wou graag wat voordragen, zegt ze.

Volgend jaar wil ze Engels gaan studeren. Ik leg mijn armen op de leuningen. Ester slaat een bundel open; ze leest niet op volgorde, maar wel bijna alles.

— Van wie is dit? vraagt Lux.

— Paul Celan, zegt ze. Ik begrijp er niet alles van, maar vind veel alsnog mooi. Zoals die zin, net: wat je wierp neigt slechts jou naar me toe.

— Wat je wierp neigt slechts jou naar me toe, herhaal ik.

Ik denk na. Ester kijkt naar me. Als een soort verlengstuk, denk ik nog. Iets uitwerpen.

Ik vraag haar wat ze de laatste tijd allemaal gelezen heeft. Ze begint over David Foster Wallace, Virginia Woolf, Sylvia Plath en wat ze aan hen zo goed vindt, ze maakt gebaren en praat zoveel meer dan normaal, maar het is alsof ik haar niet serieus neem — het enige wat ik kan denken: deze mensen hebben allemaal zelfmoord gepleegd — alsof mijn beeld van Ester haar in alles ontleedt, en ik help haar niet weg uit misschien ellende, sterker nog, alles wat ze doet schrijf ik eraan toe. Alsof ze niet meer voor me is dan dat. Ze praat, ik vraag.

Lux weet er weinig van.

— Volgens mij draaf ik door, zegt ze dan.

Lux acteert hevige opluchting.

— Zullen we gaan? vraagt hij.

Ester klapt de bundel dicht, gaat op de rand van het toneel zitten. Ik probeer te zien hoe Lux naar haar kijkt, maar het is donker. Al het licht moet door ramen vallen, er zijn geen werkende lampen meer.

Onderweg heeft Lux stenen gepakt. Hij keilt ze over het water. Ester staat tussen ons in, ze reikt de stenen aan. Ik kijk naar de rimpels waar stenen golven raken, en over mijn schouder naar de magnolia. De zon gaat door en door.

— Ik weet iets, zeg ik. Je moet eerst gewoon een steen gooien. De volgende moet verder. De derde weer minder ver, maar wel voorbij de eerste. De vierde moet dan weer tussen de tweede en derde, en de vijfde tussen de derde en vierde.

— Hè?

— Steeds ertussen, zegt Ester. Dus je doel wordt alsmaar kleiner.

Uiteindelijk wordt het een soort horizon, als je oneindig vaak gooit.

Lux kijkt naar het water, gooit de eerste twee stenen. Hij knijpt een oog dicht. Mikt. Ester en ik kijken steeds of het lukt, en heel lang gaat het goed.

Wanneer het misgaat lacht Lux simpel. Het is een glimlach, maar amper. Ik heb het idee dat ik zijn gezicht zo zal onthouden.

— Dit ga ik oefenen, zegt hij.

Als het niet te koud was, sprong ik een laatste keer het water in.

Onze overhemden hingen aan de takken van de magnolia, onze broeken plakten nat aan onze benen. Ik omklemde mijn knieën. Lux had zijn armen achter zich op de grond gezet, twee pilaren om zijn lichaam overeind te houden. Ester keek de verte in.

We zeiden niks. Het werd steeds moeilijker adem te halen. Zo'n enorm zware stilte.

— Ik ga weg, zei ik.

Het was eruit. Dacht ik. Maar Lux en Ester keken me aan en begrepen het nog niet.

— Mijn ouders, bedoel ik.

Mijn stem.

— Ik bedoel, zei ik, we verhuizen. Naar het buitenland.

Na een moment begon Lux.

— We gaan naar het examenjaar, zei hij.

— Ik niet hier.

Ester bleef stil.

— Kun je niet ergens blijven? Ik kan mijn ouders vragen, weet haast wel zeker dat het mag.

— Dat heb ik allemaal al geprobeerd, Lux. Dat is al door me heen gegaan.

Ik keek naar de grond. Lux stond op en liep weg. Ik keek hem na, zag zijn rug, zag modder aan zijn broekspijpen. Ester kwam naast me zitten, legde een hand in

mijn nek. Terwijl ik begon te trillen wreef ze over mijn
rug, de ene beweging tegen de andere.

En het hielp. Ester wist het, wat ze moest doen —
meer dan ik, ik wist niks, niet wat ik nodig had. Wist
niet dat het zo simpel was.

— Misschien kun je de kerstvakantie langskomen, zei
ze.

Ik knikte. Ze pakte de arm het verst van haar af en
duwde me tegen haar aan. Zo zaten we, lang, tot Lux
terugkwam. Ester zei wat ze mij had gezegd.

— Ik zal alvast met mijn ouders overleggen, zei hij.

Hij keek me aan. Anders dan anders, een gesprek.
Hij pakte mijn overhemd uit de boom en legde het over
mijn schouders, ging weer zitten. Lux en ik en Ester
ademden, met z'n drieën, tot het donker werd. We
waren één soort lichaam, daar. Onze eigen vorm. Nog
maar even, nog een paar weken.

Ik sta naast mijn tassen. Lux' vader heeft ons
gebracht, maar is in de auto achtergebleven. Ik heb
zijn hand geschud.

Wat waren dit voor dagen?

Ik zal Lux en Ester niet in alles zien. Ik zal niet
zien hoe ze examens maken, komend jaar, niet hoe
ze naar kamers gaan zoeken. Samen laten we hier
iets achter, straks.

De trein komt aan. Ik til mijn tassen vast naar
binnen.

Ester heb ik niet vaak omhelsd, maar vandaag

wel, en Lux nog nooit maar vandaag ook. Zelfs als ze
er niet zijn kan ik me inbeelden hoe hun stemmen
klinken,
     en de conducteur fluit, ik stap in,
— blijf praten, zeg ik,
— schrijven, denkt Lux me te verbeteren,
     en de deuren gaan dicht, maar er zit glas in; ik zie
Lux en Ester, zij mij,
     nu nog,
     de trein schokt en komt op gang, kijk, Lux, Ester,
     we verschuiven,

kijk dan hoe we kleiner worden,

kijk hoe ik jullie kwijtraak
     om de hoek van het raam,
     hoe ik desondanks zwaai

want jullie zien vast nog

mijn hand naar jullie
     neigen, mijn hand
     naar jullie reiken

Now grass and trees, the traveling air blowing
empty spaces in the blue which they then recover,
shaking the leaves which then replace themselves,
and our ring here, sitting, with our arms binding
our knees, hint at some other order, and better,
which makes a reason everlastingly.

VIRGINIA WOOLF,
The Waves

Lukos **En mijn vader heeft lang geleden**
Mijn zus stond een eind bij mij vandaan. En ik bij
haar. Ze keek van me weg, haar rug naar me toe,
verder het veld in. Wind duwde haar rok tegen
een van haar benen. Rondom haar schoot het
gras omhoog. Het was onze laatste keer samen
op het vroegere erf van mijn overgrootvader, als
het tenminste *samen* te noemen was — we hebben
weinig gepraat en waren vooral op verschillende
plaatsen. Mijn zus en ik zijn maar weinig werkelijk
bij elkaar, geloof ik.

In een van de bomen zijn strepen gekerfd, de
lagere raken overgroeid met bast. Onze namen
ernaast: Lux, Kat, Lux, Lux, Kat — de mijne het
meest, ik wilde het vaker weten.

Ik zag mijn zus een eind bij mij vandaan en wilde
haar vragen nog één keer die lengtes te meten, maar
bedacht dat ik het zelf kon doen, met mijn zakmes,
een beetje op de gok.

— Zie je, hoor ik mijn vader nog zeggen, je bent
weer gegroeid.

Ik liep onder zijn hand vandaan en het voelde
alsof hij me aaide.

Ik kijk naar mijn plant.

Ester **Wolf in het donker,** *voor Shosanna*

Mijn Recepten, staat er in de vaalgele rechthoek, midden op de kaft. Ik pak het boekje uit de kartonnen doos die net nog op de kast stond, hij zit onder het stof. Aan de binnenkant staat de naam van mijn moeder van voordat ze trouwde. Ik blader en vind gerechten terug die ik ken, waarvan ik weet hoe ze zouden moeten smaken, ook hier, terwijl ik in mijn kamer op de grond zit. Een paar van de ezelsoren, ik zie dat ze er zaten, vouw ik terug.

Ze gaf het mee toen ik op kamers ging.
— Ik ken ze toch al uit mijn hoofd, zei ze.
Ze heeft het eerst moeten zoeken, ze had het ergens bewaard.

Lukos Mijn plant gaat dood. Ik heb hem net nog water gegeven, maar dat komt te laat, denk ik. Ik ben hem te lang vergeten. Mijn tafel is een vuistdikke plank van één bij één meter, en de plant staat in het midden. Ik tik met mijn vinger tegen een blad, voel de droogte — misschien is het al over, ik weet niet of hij even langzaam sterft als dat hij groeide.

Planten zie je alleen bewegen als je vaak genoeg wegkijkt, als je ze in hun eigen tijd laat leven. Blijf je kijken, dan verstopt de beweging zich in haar traagheid. Voor je het weet is alles wat je wilde zien je ontgaan.

Katherine **Boodschappen**

Ik zet de boodschappen op het aanrecht en loop naar de woonkamer, naar het bed.

— Wil je te drinken? vraag ik.

Vader knikt en ik zie dat hij moeite doet het pijnloos over te laten komen.

Ester Lukos belt en vraagt of ik langskom.

— Zomaar, zegt hij.

— Het is mistiger dan gister, zeg ik als ik er ben.

Lukos — Wat?

Ester — Het mist.

Lukos — Wat mist? vraag ik.

— Buiten, zegt Ester, het is mistig, meer nog dan gisteren.

Ik kantel de lamellen en kijk door het raam. Huizen aan de overkant van de straat zijn amper zichtbaar. Het is inderdaad mistig, dicht als boven een weiland.

— Ik had vandaag nog niet uit het raam gekeken, zeg ik.

Ester Lukos gaat zitten, hij kijkt naar zijn thee. Hij ziet er moe uit, op een bepaalde manier, maar niet alsof hij zich moe voelt — moe is het goede woord misschien niet.

Hij kijkt op.

— Had je vandaag nog plannen, vraagt hij.

— Nee, zeg ik, nee niet echt.

Katherine	Vaders hand ligt half op de vensterbank, over de rand van het bed. Zijn gezicht is verkrampt. Ik pak een kruk en kom naast hem, kijk naar de boom in de tuin die zich bij de grond al splitst.
Ester	We zitten lang stil. Het voelt rustig, alsof de dag nog komt, alsof straks alles pas begint.
Katherine	— Weet je hoe lang hij daar al staat? vraagt vader. — Nee, zeg ik, eigenlijk niet. Hij zegt niets meer; het gesprek is niet over, maar hij heeft pijn.
Ester	Lukos stelt voor naar mijn kamer toe te gaan, dan komt hij nog aan frisse lucht. Ik stem in. Hij pakt zijn jas en gooit mij de mijne toe, terwijl ik die aantrek ruimt hij zijn plank af. Daarna zoekt hij zijn sleutels. Ik kwam lopend, dus lopen we. Schuin omhoog hangt de zon, hij schijnt de mist lichtgeel. Mensen zijn donkere vormen die scherper en vager worden. Ik neurie, omdat ik het gevoel heb dat dat luider klinkt, nu. We nemen een route door het park. Bomen lijken natter, hun bast is donkerder bruin, soms bijna blauw als in de nacht van Van Gogh. Er is geen wind. — Is hier ergens een bankje, vraagt Lukos. Ik probeer me er een te herinneren.

Lukos   Hier loopt de gracht door het park. Het bankje
staat in het gras, de rugleuning aan de kant van het
schelpenpad. Je ruikt het water. Ik leg mijn handen
op mijn schoot, wrijf mijn benen warmer. Dan voel
ik aan mijn haren, hoe vochtig ze geworden zijn.

— We kunnen hier wel even zitten, toch?

— Ja, zegt Ester.

Ik doe mijn ogen dicht.

Ester   — Kunnen we praten? vraag ik.

— Jawel.

Even vraag ik me af waarover.

— Ga je deze twee weken nog ergens heen?

— Nee, zegt Lukos.

Ik weet nog hoe rustig hij vertelde dat hij niet
meer met zijn vader praat. Alsof hij het voorlas.
Toen kon ik het me niet voorstellen. Hoe die
jongen, met dat donkere haar, hoe hij iemand iets
kwalijk zou kunnen nemen. Ik kende hem nog niet
en begreep later pas dat het met kwalijk nemen
niet zo veel te maken heeft. Of nou ja, niet zoals ik
dacht.

— Jij? vraagt Lukos na een tijdje.

Ik vertel dat ik de eerste week naar mijn ouders
ga, maar de tweede weer hier ben.

Op mijn kamer stel ik voor te dammen. Lukos kiest
wit en schuift een steen naar voren. Ik denk niet
lang na, we zijn beiden niet erg goed. Ik vraag me

af wat Lukos doen zal, de komende twee weken. Hij kijkt naar het bord, hij fronst. Ik kijk ook en speel in mijn hoofd een paar verlopen af, *als hij*, *dan kan ik*, om te zien of het goed gaat. Na een tijdje komt Wolf erbij kijken. Van ver. Zijn ogen priemen door de schaduwen onder de kast.

— Ben ik? vraagt Lukos op een gegeven moment.

— Dat dacht ik, zeg ik.

Hij strekt zijn hand en schuift een steen.

Wolf komt onder de kast vandaan naar ons toe, hij klimt op Lukos' schoot. Lukos aait hem terwijl hij naar het bord blijft kijken.

Lukos   Wolf duwt zijn kop tegen mijn maag. Af en toe kijkt hij omhoog, als ik dat doorheb kijk ik terug. Even later valt hij in slaap. Ester vertelde me de eerste keer dat ik hier was dat hij graag het donker opzoekt. Dat hij spiedt.

— Hij is bang voor buiten, zei ze, maar volgens mij heeft hij in het donker alsnog een plek gevonden waar hij voor zijn gevoel niet in de kamer zit.

— Een beetje zoals 's nachts alle plaatsen hetzelfde zijn, zei ik, in het donker is hij in élk donker, ook buiten.

Ester merkte op dat katten oorspronkelijk ook nachtdieren waren.

— Blijf je eten, vraagt ze nu.

— Kan wel, zeg ik, als je dat niet erg vindt.

— Moeten we straks even boodschappen doen.

Ze kijkt naar het bord.

— Je bent aan het verliezen, zegt ze.

We spelen nog een paar minuten voor ik het opgeef. Ester ruimt de spullen op. Dan pakt ze Wolf uit mijn schoot en legt ze hem op bed, waar hij langzaam wakker wordt — hij lijkt het niet raar te vinden dat hij niet ontwaakt waar hij is gaan slapen.

Ester Later, 's avonds, maken we eten klaar. Lukos snijdt vooral, ik doe de rest. Het is al lang donker wanneer we beginnen, nog even worden de dagen korter. Na het eten blijven we even zitten, dan zegt Lukos dat hij weer op huis aan gaat.

Katherine Iemand belt, ik laat de telefoon overgaan op het antwoordapparaat. Door de kamer klinkt hoe hij een bericht inspreekt. Dat hij zou komen, dat hij nog steeds komt maar dat het later wordt. Ik kijk naar vader. Zijn borst gaat rustig op en neer, zijn ogen zijn dicht, hij lijkt te slapen.

Ik lees bij het licht van een schemerlamp. Om te voorkomen dat ik schaduwen op de letters laat vallen houd ik het boek van onderen vast. Het leest goed weg.

Lukos Thuis zak ik in een stoel, het duurt even voor ik weer beweeg. Ik vraag me af of ik nog iets zal eten. Ik moet weer denken aan de laatste middag met mijn zus, met Katherine. Voor ik haar zag was ik door het oude huis gelopen, langs alle kamers, lege kamers, alles begane grond. Er woonde niemand meer, maar toen ik er liep miste ik toch de meubels.

Katherine Wanneer ik ga slapen blijf ik staan op de overloop, ik open de deur naar Lukos' kamer en knip het licht aan. Vader kan niet naar boven, en ik heb geen andere kamer nodig, dus alles is nog ingericht. Ik loop naar binnen. Het ziet er niet uit alsof hij weg is. Er liggen nog spullen die hij de laatste keer niet meegenomen heeft.

Lukos Ze stond daar, het leek alsof alles vast was, ook wat bewoog. Haar rok, bladeren aan een tak verderop, alsof het zichzelf alleen maar herhaalde, een heel kleine periode. Maar ineens — als een gedachte die net nog zo helder was, waarvan je plotseling alleen nog weet dat je haar had — begon het te regenen, en ze draaide zich om, en ze rende in mijn richting.

Ester Nadat we elkaar hadden leren kennen, spraken Lukos en ik regelmatig af om te ontbijten. Ongeveer even ver van onze kamers zit een bakker waar dat kan. Lukos kocht vaak hetzelfde, waardoor hij het soms niet hoefde te vragen. Ik had nog nooit met iemand als hij gepraat. Of eigenlijk had ik nog nooit met iemand gepraat zoals ik praat met hem.

Het gebeurde een keer dat er bijna niemand anders was. We kozen een tafel dicht bij het grote raam. Ik moest nog kiezen wat ik zou nemen, Lukos keek intussen naar buiten.

— Ga je nog wel eens een weekend naar je ouders?

Hij had het nog nooit gehad over thuis.

— Nee, niet meer, zei hij.

Hij vertelde dat zijn moeder er niet meer was. Verder ging hij er nog niet op in.

Het bleef stil, maar dat kon ook. Met Lukos voelt het alsof er aan woorden een soort gewicht hangt, waardoor ze verschil maken als je ze zegt, maar je ze niet gebruikt als je niets te zeggen hebt — zonder dat dat erg is, verder. Ons eten kwam. Ik begon, hij begon. Buiten was het mooi.

Ik twijfelde, toen, of ik verder kon vragen. Vroeg me af waarom hij niets over zijn vader zei. Ik probeerde iets aan hem af te lezen, lichaamstaal, maar hij leek niet anders dan anders.

Hij begon te vertellen over zijn week, wat hij de dagen daarvoor gedaan had, wat hem te doen stond. Dat hij moeite had alles bij te houden. Hij vroeg naar mijn eten.

— O, zei ik, lekker hoor.

— Ja? vroeg hij.

Ik knikte.

— Mooi.

Ik knikte weer, of nog steeds.

We zeiden niet veel meer, tot we klaar waren. Het bestek en de borden werden afgeruimd en we bleven nog even zitten.

— Kom je vanavond langs, vroeg ik, bij mij.

— Kan, ja, kan wel.

Ik vertelde hem waar hij moest zijn.

Lukos Mijn plant heb ik weggegooid. Als dat kan, met een plant. Ergens is een plant altijd al zijn eigen omgeving, dus misschien heb ik alleen grondstoffen verplaatst.

Nou ja. Ik weet het allemaal niet.

Er is niets te doen, zo lijkt het, ik zit op mijn kamer en alles ligt stil. Ester is naar haar ouders. Ik ga wandelen.

Ester Vroeg op de avond belde hij aan, ik deed open en liet hem binnen. Hij deed zijn jas uit, hing hem op en volgde me met een plastic tas naar de kamer, waar ik een klapstoel had klaargezet. Hij ging zitten en legde zijn handen op schoot. Met Lukos was ik op mijn gemak, hij leek overal rustig. Ik had hem nog nooit over iemand horen oordelen.

Ik vroeg hem of hij te drinken wilde. Uit zijn plastic tas haalde hij een pak appelsap.

— Ik weet niet of je dat raar vindt, zei hij.

Hij vertelde dat hij van planten hield, maar dat het hem niet lukte ze te onderhouden. Het was al zo vaak misgegaan dat hij het niet meer probeerde. Nu bekeek hij ze buiten.

— Misschien even afwachten, zei ik, en dan weer een poging wagen.

— Als het mislukt vergaat er weer iets, zei hij.

Lukos Het is donker. Straks springen de lantaarnpalen
aan.

Ik ga morgen naar het erf, denk ik, ik heb alle tijd
en neem een trein en een bus naar het erf.

Ester Ik wist niet hoe ik ernaar moest vragen. Ik weet niet
waarom ik het wilde weten. Het zat me dwars. Ik
wilde weten wie hij was, zoiets. Ik wilde hem leren
kennen.

Het duurde tot het stilviel.

— Hoe zit het met je vader?

Heel lang bewoog hij niet, toen veranderde zijn
gezicht geheel.

— Fantoompijn, zei hij. Hij heeft altijd pijn.

Hij draaide zijn handen om en bekeek ze.

— Als je het er niet over wilt hebben, begon ik.

Maar hij schudde zijn hoofd.

— Ik werd er moe van dat hij moe werd, zei hij, dat
hij pijn had die nergens vandaan kwam, dat hij
langs dokters ging en dokters niks vonden en hij
pijn had en het hem te veel werd en dat dat geen
oorzaak had. Een bed, dat er een bed in de woonkamer stond omdat hij de trap niet meer op kon.

Wat moest ik zeggen. Lukos zei eerst weer heel
lang niks.

— Ik was bang dat ik het hem zou gaan verwijten.

Lukos was langzaam maar zeker voorovergebogen, zijn rug krom en zijn hoofd meer naar voren. Ik zag het niet gebeuren, had het plotseling door. En ik trilde. Ik was bang. Ik wilde iets betekenen.

Toen kwam Wolf onder de radiator vandaan. Hij duwde zich tegen Lukos aan, maakte weerloze geluiden. Lukos tilde zijn hand op en legde hem op de kop van Wolf. Wolf keek naar mij. Ik begon over hem te vertellen. Dat hij bang was voor buiten, en dat ik hem daar gevonden had. Dat als ik thuiskwam hij altijd vanuit het donker zou zitten kijken.

— Wolf, zei Lukos.

— Het is een heimelijk diertje, zei ik.

Katherine — Kat, zegt vader.

Ik kom bij hem zitten.

Hij kijkt grauw.

— Praat even.

— Oké.

Lukos Het is onbewolkt. Een grijs soort blauw, de hemel, alsof iemand geprobeerd heeft hem uit te vegen. Voor me ligt het erf.

Katherine — Herinner je je de eerste keer dat je ons meebracht naar het stuk land van overgrootvader? Van je opa? Het was aan het begin van de zomer, Lux en ik waren al een paar weken vrij van school.

Ik weet nog dat we in de auto allemaal vragen stelden, die jij allemaal beantwoordde met dat we dat wel zouden zien. Lux zat achterin, telkens als je antwoord gaf keken wij elkaar vragend aan. Je zette de auto in het zand langs het hek. We stapten uit en jij liep naar waar het hek open kon. Je zei dat daar je opa had gewoond. Lux rende vooruit. Ik bleef achter je lopen, ik weet nog dat ik naar je omhoogkeek.

Lukos Scharnieren van de voordeur kraken laag wanneer ik hem openduw. In de opening blijf ik staan. Ik ruik het huis, ik herken dezelfde kleuren weer.

Katherine — Terwijl we door het huis liepen, vertelde jij wat de kamers waren geweest. Van de keuken kon je het nog zien. Je vertelde in een van de kamers dat je daar geslapen had, en wees aan waar het bed had gestaan. Allemaal verhalen. Ik heb het vaak aan mezelf herhaald, alles wat je daar vertelde. Later kwamen we in de schuur. Heel de grond was bedekt met gras. Je bleef stil, we liepen er langzaam rond tot je ons naar de deur wenkte.

Lukos Ik herinner me zo veel, hier. Houdingen en bewe- gingen, hoe het licht viel, wat ik hoorde. En hoe het stil ligt, zoals nu, voor me. Het huis dat zich om me heen slaat. Dat me zodra ik binnenkom weer over zichzelf vertelt.

Katherine — We kwamen buiten en je zei dat we een eindje gingen lopen. Voorbij het huis lag een veld, en aan de rand daarvan bomen. Je wees, zei dat je daar vaak met je neven geweest was. Je had een blik die ik op andere plaatsen niet bij je gezien heb. Alsof alles dieper was. Onderweg hurkte Lux ergens in het hoge gras, ik vraag me nog steeds af wat hij daar zag. Je moest hem uiteindelijk roepen, voor hij verder ging met lopen. Toen we bij de bomen kwamen tilde je hem op, zodat hij bij de laagste takken kon. Terwijl hij hoger klom bleef je kijken, af en toe riep je dat hij op moest blijven letten. Ik ben op een grote steen gaan zitten, volgens mij. Lux klom over naar een andere boom, waarlangs hij terugkwam naar beneden. Hij liet zich vanaf een lage tak weer op de grond vallen. Toen liepen we de bomen voorbij, naar waar die rivier ligt. Hij splitst zich heel vaak, daar waar we stonden, en splitsingen van splitsingen stromen er weer in elkaar over. We liepen dichterbij, deden onze schoenen uit en gingen met onze benen in het water zitten. Je zei dat we er wel eens konden gaan zwemmen.

Lukos Licht valt de schuur in door gaten in het dak. Ik zoek de plaats waar ik en Katherine stonden. Ik kijk door het gat erboven omhoog.

Katherine — Later, de zon was zichtbaar lager, liepen we lang-zaamaan terug naar het huis. Onderweg, in het bos, pakte je een steen. Je zei dat je nog iets leuks wist. Lux was rustiger. We liepen nu met z'n drieën bij elkaar.

Vader heeft zijn ogen dichtgedaan. Ik stop even met praten. Zijn gezicht is kalmer geworden.

Ik raak zijn schouder even aan.

— Wil je water, zeg ik.

Hij knikt.

Nadat ik in de keuken een glas heb volgeschonken, blijf ik staan. Ik heb al lang niet aan die dag gedacht.

— We kwamen aan bij het huis, ga ik even later verder. Liepen eromheen. Je pakte de steen die je meegenomen had van de ene in de andere hand. Er stond een hoge boom. Eerst heb je daar best lang staan kijken, ik weet niet of je dat toen doorhad. Je zei dat we ertegenaan moesten gaan staan, onze hakken op de grond. Je legde je hand op ons hoofd. Je kerfde onze namen en lengtes in de boom.

Lukos Ze rende in mijn richting, haar schouders opgetrokken. Ik hield de schuurdeur open. We liepen naar binnen om te schuilen. Voor wat licht gingen we bij een van de gaten staan, af en toe voelde ik regen op mijn armen. Buiten de cirkel licht op de grond leken de brokstukken van het dak bijna blauw. Het gras leek grijs. Katherine had haar ellebogen vastgepakt en keek schuin naar de grond.

— Ben je ongelukkig, vroeg ik.

Ik keek even naar de gebroken dakpannen in een stapel op de grond, donkerrood in het licht van buiten.

Katherine keek me aan.

— Nee, zei ze. Dat ben ik niet.

Ester Ik kom thuis.

Katherine Ik kom thuis.

Ester Wolf sprint naar binnen zodra ik hem loslaat. Hij onderzoekt alles opnieuw, verandert de kamer weer in zijn eigen moeras. Ik hang mijn sleutels aan hun haakje. Het was druk in de trein, allemaal mensen die dezelfde weg af moesten leggen als ik, waarmee ik misschien zelfs al eerder in dezelfde trein gezeten heb. Nadat ik mijn jas heb uitgedaan ga ik zitten en adem ik langzaam uit.

Vanaf wanneer ben ik deze kant van de rit mijn thuis gaan noemen?

In de boom, net buiten het raam, komt een duif zitten die ik daar al zo vaak zag dat ik hem haast een naam zou geven. Hij kijkt me aan, ik bevind me nu ergens in duivenhersens.

Misschien ziet de duif ook iemand die *hem ziet*, of iemand die *hem ziet zien* — ik weet niet hoe ver dat doorgaat.

Katherine   Er is een stoel verplaatst. Mijn vader heeft zijn
            ogen dicht, zijn hoofd is naar de kant van het raam
            gekanteld.

Ester   Ik pak de recepten van mijn moeder. Eigenlijk een
            soort atlas, een reisdagboek met beschrijvingen om
            ergens terug te komen. Ik sla het boekje open en
            blader tot ik iets vind wat ik wil maken, ik lees de
            ingrediënten en begin.

Katherine   Ik loop naar het bed, en hoe dichter ik kom, hoe
            meer het tot me doordringt. Ik leg mijn oor op zijn
            borstkas.

Ester   Mijn moeder heeft alles in de ik-vorm geschreven,
            *ik breng het water met de veenbessen in een grote pot
            aan de kook*, alsof ze letterlijk opschreef wat iemand
            haar vertelde, of het schreef terwijl ze het deed. Ik
            volg de stappen, *ik laat het een uur intrekken*, en
            in mijn hoofd klinken de zinnen als mijn eigen
            denken.

Katherine   Het lichaam van mijn vader, hij ligt, hoe heet
            dit, dat het hier is gebleven, dat dit lichaam, zijn
            lichaam zijn huis niet meer is.

Lukos   Wat is een naam? Of mijn naam? Vanaf hoe ik me
            aan anderen voorstel begint een reeks zinnen waar
            een woord in zit dat ik ze beloofd heb. Misschien is

mijn naam niet van mij. Het is een deel van me dat anderen bezitten en invullen.

Ik herinner me geen enkele keer dat mijn vader me Lukos noemt. Voor hem ben ik altijd al Lux geweest, hoewel het door hem komt dat ik niet zo heet. Maar waarom zei ik tegen Ester, toen we elkaar ontmoetten, *ik ben Lukos?*

Ester Soms brengt Wolf me mijn eigen spullen, wanneer we hier terugkomen. Dan leg ik ze terug waar hij ze vandaan pakte, maar zijn het opeens trofeeën. Ook nu, hij volgt me en bekijkt zijn presentje, kijkt me aan tot ik hem bedank.

In de keuken wordt de geur van de thee steeds aanwezig. Het glazen deksel van de pan beslaat, ik lees het recept nog eens door.

Katherine Ik heb het ooit opgezocht. Ramen en deuren dicht, geen kieren, geen tocht, en de verwarming uit, geen warmte. Lichten uit, kaarsen branden tegen de zuurstof — ineens is wat ik adem gevaarlijk.

Hij gaat niet meer bewegen. Hij beweegt niet meer.

Lukos Het is vochtig in het park. Het donkere gras. Er is geen mist meer, maar nog steeds lijkt alles zich te verbergen, op een bepaalde manier. Het is niet helder. Alsof alles van me wegkijkt, me ruimte geeft door zich afzijdig te houden.

| Katherine | Ik moet mensen informeren. Vreemden bellen. |
| | En Lukos, ergens, ik moet Lukos bereiken. |

Ester	Ik vraag me de mensen achter de recepten af.
	Die hele reeks, iedereen die het weer van iemand
	anders heeft, en er iets van zichzelf in aanpast. Hoe
	wat in deze pan zit ook een soort testament is van
	heel veel verschillende levens. En het is weer hier. Ik
	giet de thee door een zeef in een kop.

Katherine	Er wordt opgenomen.
	— Lukos?
Lukos	— Ja?

| | — Wacht, Katherine? |

| Katherine | Welke woorden? |
| | — Hij is weg, zeg ik, onze vader, hij is weg. |

| Ester | Met de thee in mijn hand loop ik de kamer weer in. |
| | Wolf ligt midden op de grond te slapen. |

| Lukos | *Weg?* |

Ester	Sinds ik Wolf vond en meenam kan ik me niet meer
	voorstellen hoe het zonder hem gegaan zou zijn. Hij
	heeft zich in me genesteld.

Sinds ik hem vond, ik hem midden op de straat zag liggen.

Lukos — Weg? Kat?

Ester Hij zag er niet meer uit als een levend wezen. Zijn vacht, zijn kop, hij was geraakt en trilde.

Katherine — Hij is er niet meer, Lux.

Lukos Hij is weg, zegt ze. Ik kijk naar het park.

Ester *Unheimlich*, hoe hij er lag.

Lukos Haar stem gaat door.

Katherine — Is er daar iemand, Lux, waar je heen kunt?

Ester Waarom tilde ik hem op? Ik omvatte hem met mijn handen, hoopte dat het niet al te veel pijn deed, en verplaatste hem naar de stoep. Hij moest naar een arts.

Ik probeerde tegen hem te praten. Tijdens het tillen had ik hem adem voelen halen, zwaar, en langzaam.

Lukos — Ja, zeg ik. Oké.

Ik weet niet precies wat ik daarmee bedoel.

Katherine We blijven stil. Niet samen, er vallen twee stiltes: één hier, één daar.
— Het spijt me, zeg ik.
— Nee, nee, zegt hij.
En daarna weer niks.

Ester Ik ging mee met een dierenambulance. En ik zat in een wachtkamer, lang, zonder dat ik precies wist waarom. Ik heb hoe het verliep niet goed onthouden.

Katherine — Lux? Ik moet dit gaan regelen.
Lukos — Ja, oké, sorry, oké.

Katherine Ik hang op. Ik laat Lukos weer los.

Ester Hij kwam mee naar huis en ik noemde hem Wolf. Het duurde even voordat hij aan me wende en hij minder schuw werd. Ik heb geprobeerd zo veel mogelijk door te gaan in mijn eigen ritme, zodat hij het zijne daaromheen kon vinden.
Dat is hoe het voelt, ritmes waarvan de accenten soms samenvallen. Om elkaar heen leven, en tussen elkaar door — elkaars kieren vinden en aanvullen.

Lukos Ik zak op de grond. Half op schelpen, half op het natte gras. Hier ergens, ik zoek iets, ik kijk rond.
Er is niemand. Er is hier niemand anders.
En het is koud. Of het was dat al.
Of ik weet niet wat ik voel.

Ester   Ik kom uit de stoel en ga naast hem liggen, met mijn hoofd richting zijn kop. Ik leg mijn hand over hem heen en laat hem met zijn borstkas op en neer gaan, zijn diepzwarte vacht pluist tussen mijn vingers door. Ik blaas zacht naar zijn snuit.

Een wolf. Iets dat naar je toe komt, dat er is, voor je het doorhebt.

Lukos   Ik ben in het park en hij is weg. Ik denk, hij is weg, hij is weg uit alles, weg en het park voelt leger. Onbeweeglijk. Ik wil iets anders denken, wat ik ga doen, nu, maar hij zal niets meer doen want hij is donker en leger en weg en ik ontbreek, ik mis, ik mis hem, ik wilde net terug. Mijn adem, hoe kan ademen zo zwaar zijn, hoe kan mijn lichaam voelen dat hij gestopt is. Ik wil het niet. Ik wil niet dat hij, al is het voor hem vast lichter, hij hoeft niet meer maar ik wou nog even van wel en dat ik er was. Wat is dit alles, ik hier, waar ben ik en het zwart van mijn eigen ogen en de woorden worden donker en volgordes donker en klanken stokken en vallen en donker en donker en dan denk ik, Ester.

Ester   Lukos belt maar maakt geen zinnen, hij zegt *mijn vader mijn vader* en hoest en hij haalt schurend adem. Ik vraag hem waar hij is en zeg hem daar te blijven.

Wolf is wakker geschrokken. Ik pak mijn jas.

Ik struikel over mijn drempel, kom weer overeind.

Vergeet haast mijn sleutels.

— Blijf daar, Lukos, blijf praten.

Ik stop mijn sleutels in mijn jaszak en loop weer
uit de kamer. Ik kijk uit een raam of het regent.

— Lukos?

Hij zegt ja, en sorry.

— Blijf praten, Lukos.

Zijn stem wordt door de verbinding vervormd tot
amper meer dan ruis, met af en toe een woord dat ik
begrijpen kan. Het gaat erom dat hij blijft weten dat
ik het hoor.

Net wanneer ik de voordeur dicht wil doen zie
ik Wolf. Hij staat op de drempel, kijkt naar mij
omhoog. Ik til hem op en begin met rennen.

Hij ligt in de verte ineengekrompen. Zijn hoofd
ligt voorover, bij zijn knieën. Ik zie de hand met de
telefoon.

— Lukos, zeg ik, ik ben er.

Ik zie geen beweging.

Lukos — Ester.

Ester Hij praat in de telefoon. Ik laat Wolf los en probeer
hem overeind te krijgen. Zijn gezicht is helemaal
wit. Nu kijkt hij me aan, ik zeg nog eens dat ik er
ben. Ik pak zijn hand vast. Hij knikt. Wolf klimt op
zijn bovenbenen.

Wanneer hij op adem lijkt te komen en rustiger
is, vraag ik hem iets te vertellen. Over afgelopen
week, toen ik er niet was. Lukos denkt na. Hij is de
hele tijd Wolf aan het aaien en ze kijken elkaar aan.
— Ik ben naar het erf gegaan, zegt hij. Het erf van
mijn overgrootvader. Daar kwamen we vroeger
vaak; ik, mijn vader en mijn zus. Ik weet niet precies
waarom ik erheen ging. Ik had niks te doen, en jij
was naar huis.

Hij is even stil.

— Ik was er al zo lang niet geweest. Al heel lang niet.

Lukos — En het was fijn, het voelde goed weer ergens te
zijn waar ik het herkende. Al kwamen we er vaker
in de zomer. Het huis stond er nog, ik liep de oprit
op en heb alle kamers weer bekeken. Mijn vader
heeft me verteld wat alles ooit was. Ik weet nog
dat we erdoorheen liepen en hij aanwees waar zijn
bed had gestaan. Hij heeft een tijd lang bij zijn
opa gewoond; ik weet niet meer wat er was. Terwijl
ik daar rondliep hoorde ik continu alles wat hij
zei, ik hoorde zijn stem. Uiteindelijk kwam ik bij
de boom waar mijn vader vroeger onze lengtes
in kerfde. De strepen waren min of meer onder
nieuwe bast verdwenen maar ik herkende nog
steeds de patronen van de takken. Takken als mijn
vaders armen.

Ester Lukos praat langzaam, en zijn ogen zijn open, maar
hij laat alle beelden weer in zich opkomen, hij kijkt

niet naar hier. Wolf heeft zich stil neergelegd op zijn schoot.

Lukos — Ik legde mijn hand tegen de boom. Het was anders, daar, alles was anders. Alsof ik nooit weg was gebleven, daar niet en bij mijn vader niet. Hoe die boom was waar hij hoorde, dacht ik. Een boom is altijd thuis. Altijd waar hij zijn moet. Je kunt hem niet scheiden van zijn omgeving, volgens mij. Een boom voedt zich met zijn omgeving en groeit er steeds meer in, hij is binnen en buiten tegelijk.

Ester — Dat je iets af kunt breken, zegt Lukos, en ergens anders weer kunt planten en het daar weer verder-gaat alsof er niets is veranderd. Het past zich altijd aan, het wordt altijd meteen een onderdeel van waar het is. Of hoe je iets kunt enten, hoe je in een boom plaats kunt maken voor een tak van ergens anders. Ik weet niet waarom ik opeens zoveel over bomen dacht, terwijl ik daar stond. Ik zocht iets, ik probeerde iets terug te vinden.

Hij kijkt opzij. Zijn haren zijn tegen zijn voor-hoofd gedrukt. Ik vraag hem wat hij wilde vinden.

Lukos — Ik kende maar één plaats waar ik dat had, waar ik thuis was. Toen ik daar stond begreep ik opeens niet meer waarom ik niet naar huis ging. Mijn vader, zijn fantoompijn, zijn moeite, ik begreep niet meer waarom dat ertoe deed.

Ik krab Wolf achter zijn oor. Deze kat, ik weet

niet wat voor band dit is, maar ik ben om hem gaan geven.

— Ik wilde naar huis, zeg ik. Op het erf wilde ik verder terug. Alsof ik er al half was, op een bepaalde manier. Ik heb nog geprobeerd mijn vader te bellen, maar er werd niet opgenomen, waarschijnlijk lag hij in bed. Ik heb het antwoordapparaat ingesproken.

Ik vraag Ester of we kunnen gaan lopen. Ze knikt. Wolf kijkt op en ik til hem omhoog, naar mijn schouders.

Ester   Ik hoor niets anders dan de schelpen die onder onze voeten breken. Boomtakken bewegen geruisloos heen en weer. Ik laat wat Lukos net vertelde door me heen gaan, over bomen op hun plaats. Verderop hangt een tak hoog over het pad. Een paar rode bladeren houden zich nog vast.

Ik moet niet denken dat het over is. Dat hij zomaar weer door kan gaan. Misschien ben ik er al te vaak van uitgegaan dat hij zich redt.

Lukos   Wolf duwt met een poot tegen mijn hoofd. Hij blijft telkens maar kort stilzitten. Af en toe houd ik mijn hand omhoog, dan likt hij aan mijn vinger.

Ester   Het is rustig op straat. Er lopen weinig mensen, en allemaal zijn ze binnen de kortste keren weer uit het zicht verdwenen, een steeg in of ons voorbij. Ik kijk opzij naar Wolf op Lukos' schouders. Hij klautert en kijkt waar we heen gaan, hij houdt zich goed vast.

— Je kunt wel blijven eten, zeg ik. Maken we samen iets. Ik heb recepten van mijn moeder.

Lukos Eerst laten we Wolf terug naar binnen, en Ester haalt een boekje met recepten. We zoeken iets op en gaan de boodschappen halen. Ze vertelt dat ze het boekje gekregen heeft toen ze op kamers ging. Haar moeder heeft het gemaakt toen ze zelf studeerde, ze heeft van alles verzameld. Ik vraag me af of mijn vader zoiets heeft gedaan.

Ik ga alsnog. Naar Katherine, naar huis. Vanavond na het eten.

Ester Lukos tilt de tassen. Ik zei dat het niet hoefde, maar hij wilde het. Ik voel het boek van mijn moeder in mijn hand.

Lukos Het gaat weer vlugger, de tijd. Voor ik het weet staan we te koken, Ester zegt wat ik moet doen en ik doe het.

— Kun je me Lux noemen? vraag ik.

Ester kijkt op.

— Mijn vader noemde me Lux, hij kortte het af.

Ester Ik knik.

— Dan moet je het zeggen als ik het vergeet, het wordt waarschijnlijk even wennen.

We scheppen het eten op. Ik herken de geur van thuis, hoop dat het goed gelukt is. Lukos — nee, Lux neemt terwijl hij staat al een paar happen en zegt dat hij het lekker vindt.

— Ik ga straks naar huis, zegt hij. Ik kan nog een trein halen.

— Moet ik even meelopen?

Tijdens het eten laat ik alles me overkomen. Ik probeer de indrukken te verzamelen om bewust een herinnering aan te maken, om hem nu te kunnen vormen. We lopen even later via zijn kamer naar het station. Lux heeft vlug een tas gepakt. Op het perron hebben we nog een paar minuten.

Lux   Een tijdje kijken we voor ons uit.

— Bedankt dat je kwam, zeg ik.

Ester   En dan komt de trein, de deuren openen, hij stapt in en draait zich om.

— Tot ziens, Lux.

Hij probeert te glimlachen.

Lux   Landschappen schieten voorbij. Inmiddels staat de zon laag, een wolk wordt van onder verlicht en erboven kleurt de lucht al rood. Bij de weilanden zie ik het beeld van mijn zus, van Kat met haar rug naar me toe. Ik vraag me af hoe het zal zijn om haar weer te zien. Tot nu toe was het altijd haar gezicht zoals

ik het me herinner, misschien verschilt het meer
dan ik verwacht.

Ik ga haar vragen of we naar het erf zullen gaan.
Of we onze lengtes weer in de boom zullen kerven.
Dat we een scherpe steen zoeken en van elkaar de
naam in de bast zetten.

Katherine Een man heeft de dood officieel vastgesteld. Hij is
weer weg. Alle mensen die ik spreek condoleren me
omdat het hun werk is. Ik zet de verschoven stoel
weer recht. Misschien heeft vader vandaag door de
kamer gelopen.

Lux Het lukt me niet te vatten dat ik nu rustig in de trein
zit. Ik ben het niet vergeten. Ergens ben ik bang dat
die pijn terug gaat komen, maar tegelijkertijd zou ik
niet willen van niet. Maar nu is hij weg. Ik ben een
soort verdoofd.

Ik doe mijn ogen dicht en beeld me hem in, zoals
hij op goede dagen op de rand van het bed zou
zitten. Zoals ik naar hem opkeek in het veld, of op
hem neer vanuit de bomen.

Katherine Er is een oud bericht op het antwoordapparaat, het
licht knippert niet meer. Ik laat het afspelen.

Even kraakt het.

Lukos — Pap?

Katherine   *Wat?*

Lukos   — Lukos. Of, Lux. Ik wilde...

Kat   Hij valt stil, viel stil, Lukos, het was Lux.

Lux   — Ik kan niet komen, nu, niet meteen, maar ik wilde vast zeggen dat ik terugkom.

Lux   — En dat ik je mis.

Kat   Opeens in deze kamer zijn stem.

Lux   — Pap... ik ga je zien, ja?

Het fototoestel in de handen van een vrouw neemt
(...) deze keer een afbeelding van de vaas (...) met
troebel water (...) en daarin zes dooie zonnebloe-
men zonder bloemblaadjes (...) een (...) goghgeel-
heuveltje in het midden (...) en de vraag wat de
compositie zou moeten betekenen steekt de kop
op maar het verhaal 'erachter', (...) het gebeuren
ervoor, (...) wat ik ervan kan verhalen, is dat de
vrouw (...) het (...) altijd deelbare mo[nu]ment (...) te
horen kreeg[,] dat (...) een haar dierbaar dier in één
keer doodgereden was en nu ergens anders (...).

HARM HENDRIK TEN NAPEL,
'Heuveltje',
Ze vraagt: Is dit je kamer

CONSTELLATIE

Felis

Wat doorgaat, zodat ik er terug naar kan, het gaat niet altijd door,
eigenlijk duurt het maar kort,
maar ik kan ook niet zo lang blijven lopen waar niemand is.

Dit is voor wie van mij gehoord heeft dat ik het niet zonder kan,
een vuur brandt, ver weg, een teken dat iets er weer is, een
boom die in brand gestoken is.

De lege plaats beweegt niet, maar omdat de anderen steeds ergens
anders gaan staan
verdwijnt de plaats hier en verschijnt hij daar, alsof hij beweegt.

NACHOEM M. WIJNBERG,
'Vuur',
Divan van Ghalib

en de sterren zijn
hier ook

    en hier is waar de sterren zijn

sterren
sterren
maar waar hier ergens
leven wij
?

VSEVOLOD NEKRASOV,
Gedichten 1956–1983

rood, rood,
die onbarmhartige zon... en toch,
herfstwind
— BASHÔ

I

Het park ligt aan de rand van het dorp, als je lang
genoeg loopt verbergen de struiken en bomen de
huizen. Ik maak er een wandeling. Het schemert
al even, de lucht kleurt rood op de laagste plaats
waar ik hem kan zien, maar het blijft nog warm. De
mouwen van mijn overhemd heb ik opgestroopt,
en de bovenste knopen zijn los. Er is af en toe een
frisse wind. In het midden van het park ligt een
meer, met fonteinen die zorgen dat ook de lucht er
vochtiger wordt. Daar dichtbij is een boom die in
het voorjaar in twee kleuren bloeit; wit en roze. Het
zijn verschillende soorten takken, de een is al vroeg
op de ander geënt.

Ik had er eens een gesprek met een vrouw.
— Mijn naam is Ester, zei ze.
Ik zei haar dat ik Noah heet.
— Mooi.
— Dankje.
Verder zeiden we weinig. We keken naar de boom
en zijn verschillende bloesems.
— Geënt, zei ik nog.
Ze knikte. Het bleef even stil.
— Ja, maar welke op welke.

Ze zei het rustig, het leek bijna geen vraag meer. Ik had het idee dat je het wel kon zien, als je goed keek, maar ik dacht toen dat ze het zo niet bedoelde.

Het was onnatuurlijk en tegelijkertijd normaal om daar zo met een vreemde te staan. Ik weet nog steeds niet wat ik moet antwoorden als iemand me vraagt of ik haar ken. Ik denk dat ik weet hoe ze is, in zekere zin. Ze is een schim voor me geworden, toen en daar al, ze heeft me even bezeten. En misschien is dat omgekeerd hetzelfde, wie ik was, voor haar.

En nu, en altijd als het schemert, schiet ze me weer te binnen. Nu ik langs het water loop, een merel in het gras zie zoeken naar wormen. Ik ga met mijn hand door mijn haar. Ik stel me geen vragen, ik probeer er niets bij te verzinnen. Ze is er, meer niet. De merel vliegt weg en het voelt alsof ze op zou kijken als ik er nu naar wijs.

Ik blijf stilstaan, doe mijn ogen kort dicht, leg mijn hand in mijn nek. Ik ben haar gezicht vergeten.

Het wordt zichtbaar donkerder, de wolken hebben al geen felle randen meer. Takken wiegen steeds verder heen en weer, eens in de zoveel tijd jaagt een windvlaag door een boom en vervangen alle bladeren hun plaats. Ik hurk en leg mijn hand in het gras, de aarde koelt. Een zwerm vogels trekt door de lucht naar het westen. Ik stroop mijn mouwen af. Het is iedere keer bijzonder om hier rond deze tijd te zijn, wanneer het licht vertrekt. Deze hele plaats verandert, alles keert zich en laat zich zien als iets wat er net nog niet was. Voor de dieren is het een teken, een waarschuwing, ze komen in beweging, de laatste keer vandaag.

Ik loop weg van het meer, langs een pad dat ontstaan is doordat genoeg mensen het genomen hebben. De begroeiing wordt dichter, de grond donkerder, mijn ogen moeten wennen. Het geluid dat ik maak lijkt luider, de omgeving komt op een bepaalde manier dichterbij. Ik hoor iets, kijk om me heen. Dan zie ik twee op mij gerichte pupillen.

Een hert?

Ze blijft stilstaan. Ik ook.

De wind vindt een weg langs mijn nek, naar mijn rug, en ik ril.

Wat denkt ze van mij?

Ik probeer me niet precies in haar te verplaatsen, maar wil wel inschatten hoe ik overkom. Waar ze op wacht, waarom ze niet wegrent. Of ze angstig is.

II

Er zijn veel mensen, maar ik heb een leeg bankje gevonden. Ik lees een boek. Iemand schrijft over hoe iets onvergetelijk zou kunnen zijn, zonder herinnerd te worden — dat het vergeten achterblijft, toch nog plek inneemt, en invloed heeft. Ik weet niet wat ik daarmee aanmoet. Na een tijdje sla ik het boek dicht en leg ik het naast me.

Een jongen rent me voorbij, in de richting van het water. Even later volgt een echtpaar, ik denk zijn ouders. Ik adem in en bekijk de bewegingen van het park. Dan sta ik op en loop ik naar de boom bij het meer. Er staat een vrouw naar te kijken. Ze heeft rood, middellang haar.

De bloesem trilt rustig in de wind, het is bijna niet te zien, maar als je naar de grond kijkt zie je de randen van schaduwen steeds anders overlappen, en tussen de vlekken die de bladeren maken, ontstaan telkens nieuwe gaten licht. Het is zo'n grote boom, zo oud — alles leeft langs elkaar heen, besef ik, de boom groeit trager dan het gras, en de mensen veranderen nog sneller — alles heeft zijn eigen ritme, wat ik zie zijn de maten zoals ze zich afspelen in mijn eigen tijd, in het tempo dat ik zelf tel.

De vrouw vertelt me dat ze Ester heet.

— Ik heet Noah, zeg ik.

Ze kijkt me even aan.

— Mooi.

— Dankje.

— Geënt, zeg ik even later.

Ze knikt en blijft even stil.

— Ja, maar welke op welke.

Haar gezicht is mooi. Het is, hoe zeg je dat — het lijkt niet hier te zijn. Ik kijk ernaar als door een raam, naar ergens anders, een omgeving waar ik nooit ben geweest. Ik kan zien wat er is, maar het is niet waar ik ben. Haar gezicht is een afstand van mij tot daar, is het enige dat ik misschien kan raken, als ik mijn arm uitstrek, als ik reik met mijn hand.

Ik zou het bijna doen. Mijn hand op haar wang leggen, mijn duim laten zakken van haar slaap tot haar kin. En loslaten, en in mijn vingertoppen voelen wat ik mis.

Ze kijkt zijlings naar de boom. Ben ik ook zo'n raam? Misschien maak ik deze plaats ook anders voor haar, ontdekt ze afwijkingen waar ze de hele tijd al keek — misschien wordt het voller, hier, met impressies die we van elkaar niet zien.

En ik doe het, ik reik naar haar gezicht. Ze draait haar hoofd en kijkt me aan.

Here I am.

TRAVIS JEPPESEN,
Wolf at the Door

Anders staat dichter bij het meer, dicht bij de rand, waar riet groeit. Ik bewaar enige afstand tot het water. Het regent al dagen. In dit meer zwemmen we, of zwommen we; ik weet niet hoe het afloopt.

Anders komt in beweging en wenkt.

— Noah, zegt hij, even bij de steiger kijken.

Ik volg schuw. Het water raakt haast de onderkant van de planken, als het hard waait komt het tussen de kieren door. De roeiboot, aan het einde, schommelt. Anders loopt de steiger op.

— Even zien of het touw goed vastzit.

Het waait, maar hij verheft zijn stem niet, hij vertrouwt erop dat ik hem hoor.

Aan de overkant zie ik ons huis. Het hout is nat, en daardoor donker. Hoe het licht valt — ik krijg de impressie van een fronsend gezicht. Misschien lijkt het daar helemaal niet op. Ik probeer te zien of het Anders is, die fronst, maar hij kijkt van me weg.

Al dit water. Opeens vraag ik me af hoe blijvend dit gebied is. Of niet alles zomaar weggevaagd kan worden.

— Het komt ook door de herten, zegt Anders als we weer binnen zitten. Doordat mensen hier op wolven gejaagd hebben, groeide het aantal herten. Die dieren eten gewassen, en zonder de wortels ervan ligt de rivier minder vast in zijn oever. Vroeger was het meer minder diep. Maar goed, met dit soort weer zou het sowieso een keer mis kunnen gaan.

We zitten aan tafel, Anders kijkt naar buiten door het raam. Ik kan niet peilen of hij zich zorgen maakt. Hij lijkt niet gespannen, zijn schouders hangen rustig — maar hij, of iets aan hem, is serieuzer dan anders.

Ik besluit het te vragen.

— Moet ik me druk maken.

Hij kijkt op, en me aan.

Volgens mij dacht hij niet dat ik me dat afvroeg.

— Nog niet, denk ik.

Nog niet. Er is iets, in de toekomst, wat we misschien verwachten, maar er mist een bepaalde dreiging. Denkt hij. Het lijkt zo terloops, zoals hij het zegt, maar het is juist afgemeten. Hij weet hoe ik werk, dat wat hij zegt in mijn hoofd gaat spoken, ik het herhaal en weeg. We hebben elkaar leren kennen en hij is langzaam maar zeker anders gaan spreken. Ik wilde dat ik het opgeschreven had, hoe het veranderde.

Ik zocht een woord, ooit, voor wat hij was. Voor wat we waren. Iets wat ik uit zou kunnen spreken. Hij vertelde me een keer dat een bepaalde taal — welke, dat ben ik vergeten — een woord heeft voor hoe licht door bladeren valt. Dat het waait, en de takken trillen, en de zon een patroon wordt op de grond. Ik begon me af te vragen of de woorden die ik had genoeg waren, of ik ooit zou kunnen zeggen wat ik wilde. Hoe weet je zeker dat wat je bent zich bevindt in de taal die je spreekt? Ik zocht een woord.

Dierbaar. Daar ben ik bij gebleven. Het is oud, misschien, en zwaar, maar het werkte. *Dier*, van duur, van waarde. En *baar*, dragen.

— Noah?

Ik schrik uit mijn gedachten op.

— Was er iets? vraag ik.

— Ik vertelde dat we desnoods zandzakken hebben.

Ik knik.

Hij vraagt of alles oké is.

Ik knik weer.

— Ik dacht even aan dat woord waarover je ooit vertelde, zeg ik, hoe licht valt, tussen bladeren door.

Er komt een heel amper lachen op zijn gezicht. Ik vraag hem of hij nog zoiets heeft, een bepaald verschil in taal, en hij denkt even na.

— Een alef, zegt hij dan, de Hebreeuwse letter, dat is bij ons de klank die het verschil maakt tussen *alleen* en *al één* — bij ons is het een weggevallen *l*.

Van *landschap*, denk ik, en *lupus*. Wat bij ons wegvalt is voor anderen een klank.

— Misschien zijn wij een soort landschappen, zeg ik.

Anders kantelt zijn hoofd, voor hem begint een ander onderwerp.

— Een soort vergezichten voor elkaar, zegt hij.

Een wildgroei van stemmen die in me echoën. Van Anders, zijn stem, en de stem van mijn vader, en van een vreemde — en al die stemmen zijn zelf niets anders dan klankkasten voor andere. Wij zijn

constellaties, hier, waarvan de sterren telkens zelf
weer stelsels blijken.

Anders antwoordt niet, maar ik weet dat hij
luistert. We blijven zitten, en het wordt later. Het
regenen klinkt steeds meer op de achtergrond.

Als ik ontwaak, is hij het eerste dat ik zie.

Zijn haar is donker, maar er komen losse
grijze haren door. Grijs als van veren van een raaf,
wanneer het licht goed valt. Ze waaieren uit rondom
zijn kruin. Een soort wervelwind. Ik ruik eraan, nu,
ik pak dit lichaam steviger vast. Mijn armen zijn
een ark — op het droge, nog, met de belofte van een
vloed.

Ik weet niet hoe lang het duurt, maar dan staat
hij op. Hij komt naast het bed overeind, zijn botten
maken contouren in zijn rug, zijn huid. Ik hoor hem
stappen zetten, de eerste klanken van de dag, maar
daarna zak ik weer weg.

Als ik weer wakker word, is het licht verschoven,
valt het anders.

Eén dag was hij al opgestaan. Ik had over hem
gedroomd, maar dat werd al vager toen ik mijn
ogen opende, en ik begreep niet meteen wat er was,
wat ik miste. Het was niet precies schrikken, maar
mijn adem schoot naar binnen — alsof daar de
leegte was die me overkwam.

Na een paar momenten drong het tot me door.

Waar ik was en wat er was. Als een kind zei ik mezelf *hij is er nog*, en ik herhaalde het.

En ik deed mijn ogen dicht, en hoorde heel dof zijn lopen door een andere kamer, verder weg.

Ik loop naar buiten, langs het meer. Het water is een beetje tot rust gekomen. Ik wandel dichter langs de rand. De avond is helder. Je ziet de maan al, hoewel het nog schemert — het licht van de zon dat een ander lichaam vindt om tot hier te komen. Vanaf de overkant zie ik ons huis, niet precies te onderscheiden van de achtergrond, maar wel op te merken. Ik zet een paar stappen op de steiger.

Wanneer ik iets in de roeiboot zie zitten sta ik al boven het water. Een donkergrijze vacht. Irissen die door de schaduw steken. Een wolf? Hij bewoog niet, geloof ik, maar ik zie hem ineens, ineens staat er een beest.

We staan oog in oog, als dat kan. Als een wolf zich niet altijd nog verbergt. Hij zag mij het eerst. Hij heeft betere zintuigen. Een wolf kan kiezen hoe hij zich laat zien.

Ik sta tussen hem en het land. Ik probeer voorzichtig over mijn schouder te kijken, hoe ver het is, terug. Ben ik voor hem een bedreiging?

Hij laat zijn kop zakken, verdwijnt voor even achter de rand van de boot, en komt weer omhoog met een stok in zijn bek. Kort lijkt hij alleen op zoek naar een spel — misschien komt de stok al hiervandaan, brengt hij hem terug — maar het blijft een krachtig dier. Ik kijk hem aan en zie de kleine witte stippen in zijn ogen, van licht dat reflecteert.

Lupus

In de verte is de schuur, en het hek rondom het hoge gras. Dichter bij me de treurwilg, rechts het kleine huis van de ouders van mijn vader. Daarachter, buiten mijn zicht, die boom.

Ik word vaak wakker met dit beeld nog voor ogen, alles in roodoranje licht. Dan loop ik er weer, in mijn hoofd — soms duurt het de hele ochtend voor ik loskom van die gedachte. Ik heb er meer gelopen, over die zandweg, maar dit is één specifieke dag van één specifieke zomer. Niet dat er veel bijzonders gebeurde, ik weet het alleen nog.

Het was al avond. Ik dwaalde, dat kon daar. Volgens mij was ik vijftien. Op mijn dertiende zijn mijn ouders gescheiden, dus ik was ouder dan dat. Mijn vader zou ook naar opa en oma komen, maar hij was er nog niet. Hij had er al moeten zijn, maar er kwam iets anders tussen. Mijn opa nam de telefoon op, tijdens het eten; aan hoe hij praatte kon ik horen dat het mijn vader was.

— Wanneer dan wel? vroeg mijn opa op het eind.

Ik hoorde het kraken van de lijn.

Ze besloten het gesprek, opa kwam terug aan tafel. Oma vroeg wat er was. Hij vertelde dat vader pas later kwam.

— Over een week, zei hij.

Ze merkten dat ik boos werd.

— Het is zoals het is, zei mijn oma.

Ik hoorde het wel, maar at verder alsof ik het

allemaal al niet meer meemaakte, ik had me van hen afgescheiden.

Toen mijn ouders nog bij elkaar waren, heeft mijn vader me over de magnolia verteld. We waren in de tuin, ik stond ernaar te kijken. Het was ook zomer, de wit-roze bladeren waren al gevallen. Nu was hij groen.
— Die heb ik geplant, zei hij, toen ik zo oud was als jij nu.

Ik vroeg hem waarom. Hij zei dat hij dat toen nog niet wist, maar inmiddels blij was dat hij het had gedaan. Vroeg of ik het daarmee eens was.

Volgens mij haalde ik mijn schouders op.
— Omdat zoiets zo lang duurt, zei hij.

Daarna knikte ik pas, maar ik weet niet meer of dat was omdat ik het begreep, of omdat ik van het gesprek af wilde zijn.

Wat was mijn moeder aan het doen? Ik probeer haar in de herinnering te vinden. Waarschijnlijk hielp ze mijn oma, toen nog haar schoonmoeder. Uiteindelijk kwam ze naar buiten.
— Hij bloeit mooi, hè, vroeg mijn vader haar.

Ik hoorde niks. Toen ik omkeek was ze al met iets anders bezig. Misschien heeft ze geknikt.

Ik herinner me die dagen niet graag. In alles van voor de scheiding beginnen kleine gebaren me op te vallen. Opeens wordt het logisch dat ze uit elkaar gingen. Maar dat was het toen nog niet, tenminste, niet voor mij.

— Het ligt niet aan jou, vertelden ze.

Alsof het aan mij moest liggen, wilde het me pijn doen.

Ik heb het wel eens uitgeteld, ongeveer. Als ze al die jaren al langs mijn grootouders gingen, in de zomer, dan ben ik daar waarschijnlijk verwekt.

Mijn oma was vaker moe, die zomer dat mijn vader later kwam. Ze had mijn moeder niet meer, zei ze. Daarna veranderde ze snel van onderwerp. Mijn grootouders wilden het er niet over hebben, ze mochten haar wel.

Ik heb de dag nadat hij belde met mijn opa de schommel opgehangen aan een dikke tak van de treurwilg. Ergens vond ik me te oud voor een schommel. Maar we moesten iets doen, en een schommel is makkelijk. Oude tractorband, dik stuk touw, even klimmen en een knoop. Later vanuit het raam van mijn kamer op zolder ernaar kijken. Een zwarte cirkel in de verte, langzaam heen en weer, heen en weer.

Ik weet niet of ik met mijn vader iets anders had gedaan. Daar ging het misschien niet om.

Het kan die avond geweest zijn dat ik mijn opa vroeg hoe mijn vader vroeger was. Hij zei dat we op elkaar leken, of tenminste, hoe ik de zomers daar doorbracht. Mijn vader kon eindeloos lopen. Wanneer ze vroegen wat hij had gezien, als hij

thuiskwam, zei hij dat ze zelf maar moesten
gaan kijken. Hij had er geen behoefte aan alles
te omschrijven. Dat was toch niet hetzelfde, iets
zeggen en het zien?

Mijn opa moest er nog om lachen.

Er kwam een gedachte in me op. Iets wat mijn
vader zou zien, en wat hem iets zou zeggen, beide in
één keer.

Die nacht werd ik wakker, of eigenlijk wachtte ik
met slapen. Ik hoorde mijn opa de trap op lopen,
traag. Mijn oma lag eerder dan ik, en ik kon ervan
op aan dat die niet wakker zou worden. Mijn opa,
dat was een andere vraag. Een kwartier nadat ik
hem niet meer hoorde, begon ik aan de trap. Het
huis was oud, dus alles kraakte, maar het waaide
ook, daar deed ik mijn voordeel mee. Ik probeerde
mijn gewicht zo langzaam mogelijk te verplaatsen.
Hoopte dat ik nergens tegenaan zou stoten.

Voor mijn gevoel duurde het wel een uur voordat
ik beneden kwam, dat weet ik nog, maar er staat
me amper iets van bij. Het was ook zo donker.

Eerst knipte ik het licht van de keuken aan, en
zocht ik daar naar een mes. Toen herinnerde ik me
de bijl. Waar was de bijl. Ik trok lades open.

Hij lag natuurlijk in de schuur.

Het voordeurslot maakte nog het meeste geluid
van alles in dat huis. Ik deed de deur achter me
dicht en begon in de richting van de schuur te

lopen. Al het licht op het erf kwam 's nachts van de sterren, of tenminste, dat had zo moeten zijn, maar ik had de lamp in de keuken aangelaten. Ik zag mijn eigen schaduw vallen, voor me uit. Het gras was nat, en naast het veld stond de schuur als een groot zwart beest. Ik duwde toen ik er aankwam de schuurdeuren onvoorzichtig open; wat hier gebeurde konden ze, dacht ik, niet meer horen.

De schuur had maar één lamp, naast de deur. Er waren meerdere gereedschapskisten. Ik heb ze allemaal van de planken getild en op de grond gelegd, ben er op mijn knieën naast gaan zitten en heb alles eruit gehaald, tot ik de handbijl vond.

Er hing een kat rond, op het erf. Die kwam ook nog kijken. Volgens mij aaide ik hem voor ik opstond.

Een bijl is zo licht en zo zwaar als je woede. Ik woog hem in mijn hand, liet alle rommel achter en liep de schuur weer uit, de hele weg terug. Ik zag het licht uit de keukenramen schijnen.

Ik ging niet binnendoor, maar liep om het huis heen. Over het hekje dat rond de tuin stond, hoewel de tuin maar amper verschilde van het veld eromheen. Ergens was het wel goed, dacht ik nog, dat ik dat licht had aangelaten, want nu zag ik de magnolia staan. Ik voelde de bijl in mijn hand. Ik raakte de boom nog even aan.

Toen stond ik daar maar, zonder iets te doen.

En ineens stond mijn opa naast me. Misschien

meteen al. Ik merkte hem pas op toen hij begon met praten.

— Weet je dat zeker.

Ik schudde mijn hoofd.

— Ben je kwaad op hem.

— Niet op hem, zei ik.

— Waarom ben je boos, vroeg hij.

— Omdat het is zoals het is.

Verder heb ik niks gezegd, en hij ook niet. Mijn opa legde eerst zijn hand in mijn nek, daarna pakte hij de bijl. Hij liep naar de magnolia, brak er een tak af. Gaf hem aan mij.

— Ik wil je iets laten zien, zegt Anders' vader.

Hij loopt de kamer uit.

Anders woont hier al niet meer, en het is lang geleden dat ik hier was. Hij is blijven wonen in de stad waar hij ging studeren. Destijds heb ik hem daar nog eens bezocht.

Zijn vader komt terug met een album in zijn handen, dat hij op de salontafel legt terwijl hij naast me op de bank komt zitten. Eerst ademt hij bijna onhoorbaar uit, dan slaat hij het album open.

— Deze zijn nog van toen jij hier tegenover kwam logeren, in de zomers. Jullie zijn zestien, of zeventien misschien. Jij weet dat vast beter.

De voorste foto is van een landschap, terwijl het schemert. Anders' vader kijkt er even naar, pakt dan het eerste doorzichtige vel, dat de bladzijden van elkaar moet scheiden, en slaat het om.

Ik buig me dichter naar de tafel toe. De tweede foto is van mij. Ik loop voor Anders uit over een pad dat ik niet meteen herken, de zon valt op mijn rug. Je ziet de vorm van mijn botten in mijn huid. Hier moet het ook al later zijn, je ziet Anders' schaduw naar voren vallen.

— Deze heb ik vooraan geplaatst, zegt zijn vader, omdat dit een van de weinige is waar je Anders in kunt zien.

— Op een bepaalde manier.

Hij knikt en kijkt even, voor hij weer omslaat.

Deze herken ik. Anders wilde een foto maken

in het meer hier. Onder water, mijn haar beweegt;
licht valt langs mijn slaap, de helft van mijn gezicht
is donkerder. Ik heb mijn ogen dicht, ik frons.

Ik pak de foto uit de gleuf die hem op het blad
vasthoudt en bekijk hem van dichtbij.

— Mag ik hier een kopie van maken, vraag ik.

— Je mag hem houden.

— Echt?

— Neem het hele album maar, ze zijn haast allemaal van jou, tenslotte.

We kijken hem eerst nog geheel door, samen;
sommige foto's herken ik, op andere herken ik
mezelf zonder me het moment te herinneren dat
we hem maakten. Wanneer ik wegga bedank ik voor
het album. Ik loop naar de overkant, terug naar het
huis van mijn opa.

— Ben je er weer, zegt hij als ik binnenkom.

— Ja, ik ben er weer.

Hij kijkt op vanuit zijn stoel, legt een krant weg.

— Hoe was het.

— Fijn, zeg ik, Anders' vader heeft me een fotoalbum meegegeven.

Opa wenkt me het te komen brengen. Ik geef
hem het album, hij begint voorzichtig te bladeren.

— Deze heb ik nog nooit gezien, niet? hoor ik hem
stiller zeggen.

Hij wist dat we veel foto's maakten. Als het goed
is hangt er hier een aan de muur, ergens. Na een
tijdje legt hij het album op tafel.

— Hoe laat is het? vraagt hij. Al bijna tijd om te eten, niet?

Ik kijk op de klok.

— Ik kan wel vast beginnen, zeg ik, dan eten we wat vroeger.

Opa knikt. Ik loop naar de keuken, begin daar spullen klaar te leggen op het aanrecht en was mijn handen. Uit de voorraadkast, in de bijkeuken, pak ik rijst. Even later komt opa de keuken in. Hij staat even stil, en vraagt zich dan hardop af wat hij kwam doen. Ik zet de rijst op het vuur.

We liepen eens door het kale landschap achter opa's huis, ik en Anders. Hij was na de zomer ervoor begonnen met fotograferen, en had me gevraagd of hij foto's van mij kon maken. Ik vond het prima. We wandelden wel vaker, de jaren daarvoor, dus het kwam niet anders op me over. Misschien dat hij het daarom vroeg, hij hield nog niet van vooropgezette composities. Daarom herken ik ook niet alle foto's. Soms vond hij ze niet goed genoeg, wanneer ze ontwikkeld waren, maar een aantal daarvan zijn blijkbaar bewaard. Daar ben ik blij om, die bepaalde kwaliteit maakt zoveel verschil niet meer.

Als ik in de camera kijk, is het toeval. Tijdens het fotograferen bleven we gewoon praten, dus het is een soort documentatie van hoe hij alles altijd al zag. Ik weet niet waarom, maar de camera zat me nooit in de weg — volgens mij heeft hij me gevangen zoals ik al was. Mezelf in derde persoon. Ergens wel vreemd om nu te zien.

De onderwaterfoto is de zomer daarna, gemaakt met een andere camera. Die zomer begon Anders wat meer met series. Maar ook die foto lijkt niet precies vooropgezet, hij vangt iets van me wat ik, nu ik hem terug zie, meer begin te herkennen. Al weet ik niet precies wat ik daarmee bedoel. Maar ik zie het. Foto's zijn machteloos, las ik ergens, te zeggen wat vanzelfsprekend is — dat moet je erin zoeken.

Opa en ik gaan aan tafel. Ik schep voor hem op, hij bidt eerst en ik ben stil. Hij ruikt nadrukkelijk.
— Zo, zegt hij, dat is...

Hij kijkt lange tijd opzij, naast zijn bord, naar een van zijn handen.
— Lekker? vraag ik.
— Ja, niet?

Hij pakt zijn vork vast en begint met eten.
— Ben je moe, vraag ik, de laatste tijd?
— Een beetje, niet meer of minder dan normaal.
— De overburen zeiden het, dat je vermoeid leek.

Ze zeiden dat hij afwezig scheen, afweziger dan anders. Ik weet niet wat anders is, en hoeveel hij verschilt; ik zou willen dat ik hier vaker kwam.
— Soms, zei Anders' moeder, heb ik moeite een gesprek met hem te voeren. Dat hij een beetje blijft hangen.
— Nou ja, zei zijn vader, hij wordt ook echt wat ouder, inmiddels.

Ze knikte.

— Het gebeurt ook niet zo vaak, voegde ze toe.

Ik vraag me af of hij het voelt, en zich sterk houdt. Het lijkt me vreemd als je lichaam weg lijkt te vallen, alsof je het constant moet tillen. Maar misschien valt het mee.

Tijdens het eten vertelt hij dat hij een tijdje terug wakker is gebleven om de meteorenregen te bekijken. Ik vraag hem of hij nog veel heeft kunnen zien.

— Niet echt, zegt hij, mijn ogen zijn ook niet zo goed meer, niet?

Hij neemt eerst weer een hap.

— Maar ik heb nog een paar wensen kunnen doen.

Als we klaar zijn ruim ik af, en vul ik de vaatwasser. Opa vertrekt naar de woonkamer, en doet de televisie aan. Ik hoor presentatoren het nieuws vertellen, ga aan de keukentafel zitten en kijk uit het raam naar buiten. Het wordt al vroeger donker. De klok in de keuken tikt scherp, en ik herinner me dat ik dat eerder hoorde, precies zo. Dat ik me bewust werd van dat geluid, als een soort hartslag van de kamer. Het is even alsof ik hier jaren heb gezeten, en ze weggesijpeld zijn, als losse seconden.

We gingen naar het meer, Anders nam zijn nieuwe camera mee. Van die foto waarop je mijn hoofd ziet, en het licht dat erlangs valt, staat me het meeste bij, maar er zijn er nog meer. Er is er een zonder mij, waarop je de golven hun eigen schaduw ziet werpen op de bodem. Witte lijnen over het oppervlak, en grijzere daaronder. Ze bewogen, maar op de foto staan ze vast. En er is er een waarop je vooral mijn arm ziet, ik maak een slag door het water. Aan de rand zie je nog haren, en een deel van mijn schouder. Die vond ik zelf erg gaaf.

De dag dat we die foto's maakten hebben we minder gepraat dan anders, misschien wel het minst van de dagen die we samen hebben doorgebracht. Misschien dat hij me daarom nog zo bij staat. Anders was enorm geconcentreerd bezig, en ik probeerde gewoon te doen wat hij wilde.

Ik moet hem binnenkort weer eens opzoeken, denk ik. Ben benieuwd hoe hij het zich allemaal herinnert.

We vergaten de tijd. Het is ook de enige dag dat mijn opa bij Anders' ouders is gaan vragen waar ik was. Ze zeiden dat we op pad waren. Hij werd verder niet ongerust, geloof ik, of hij zei toen ik thuiskwam van niet. En hij had eten bewaard dat ik op kon warmen.

Ik hoor de televisie uitgaan. Verder niets. Er gaat een minuut voorbij voordat opa de krant pakt.

Hij vertelde me die avond over oma. Mijn vader praatte weinig over haar, en was nog jong toen ze stierf. Hij probeerde me te vertellen wat voor vrouw ze was, probeerde haar terug te halen. Hij gebaarde veel. Zijn gezicht werd anders, het nam uitdrukkingen aan die ik niet meer heb gezien.

Ik kijk naar mijn handen op de keukentafel. Volgens mij heb ik het nooit bewust gemerkt, dat ik ben opgegroeid, niet echt. Of nu, misschien. Ik kijk over mijn schouder naar mijn opa, zijn bril ligt op zijn neus. Hij leest de achterpagina.

Op het aanrecht ligt nog het pak rijst. Ik sta op om het in de keukenlade te leggen. Daar vind ik, tussen een koektrommel en een blik groente, mijn fotoalbum terug.

ENT

als het komt
laat vader dan een foto maken
van die kleine machine

(...)

een gebluste ster
terwijl het nadert

LUCEBERT,
de analphabetische naam

We hebben het hele huis opgeruimd, de kamers
lijken weer op foto's van kamers. Roos zet een raam
op een kier en legt haar haren achter haar schouder.
— Nu nog frisse lucht, zegt ze.

Ik knik. Ik loop naar de bank en ga zitten,
verschuif de kussens tot ik ze niet meer voel. Roos
loopt de kamer uit, ik doe mijn ogen dicht. Het is
erg stil in huis. Ik hoor haar voetstappen, maar weet
niet of ze nu dichterbij komt.
— Je fronst weer, zegt ze, je fronst weer.

De bank verzakt, ze vult de holte onder mijn arm,
naast mijn zij. Ik doe mijn ogen open, ze heeft twee
glazen gevuld met water.
— Zo staat mijn gezicht gewoon, soms, zeg ik.
— Ben je moe?
— Niet heel erg.

Mijn zij wordt warmer.
— Hoef je geen kussens?

Ze schudt haar hoofd.
— We moeten binnenkort eens tuinstoelen halen,
zeg ik, en een tafel; straks wordt het weer groen.
— En de tegels liggen er al.

Ik doe mijn ogen weer dicht. Ik luister naar alles,
naar alles tegelijk; ik maak geen onderscheid, het
komt binnen en verdwijnt geheel.
— Lukos, zegt ze, voor ze stopt met praten.

Een naam, bedenk ik. Dat er een woord is, tussen
ons, voor mij. Een woord dat reageert.
— Wat was er?

Ze laat haar hoofd zakken tot het op mijn schouder ligt.

— Vertel eens een herinnering aan je vader, zegt ze, die je nu anders ziet dan toen.

Ik til mezelf weer uit de wasbak omhoog, kijk in de spiegel. De snee loopt over mijn hele wang, begint vlak naast mijn oog en raakt bijna mijn mondhoek. Het bloedt nog. Ik vul mijn hand met water, probeer het schoon te maken. Roos komt binnen, pakt een doek. Ze legt een hand op mijn schouder en kijkt ook naar de spiegel. Ik buig voorover. De kraan blijft open, het water blijft lopen en ik blijf maar buigen en omhoog komen, en het bloedt, en het bloedt. Het loopt naar mijn lippen, ik proef het. *Er moet gewoon iets op*, zegt ze, *dan stopt het wel*. Ik zeg niks terug. Ze legt de doek dichtbij. Ze loopt weer weg. Vlug. Ik strek me en zie nog steeds de wang aan de verkeerde kant. Ik veeg, alsof het roet is wat er zit. Ik probeer me te herinneren hoe het gebeurde — ik weet wat er gebeurde, ik probeer het te zien — maar misschien gebeurde het juist omdat ik niet oplette. Roos zong. Ik buig me weer voorover en zie dat de wasbak een kleur heeft gekregen. Ik spuug. Er stroomt bloed over mijn kop en ik fluister of het stoppen mag, maar mijn hart blijft pompen en mijn huid blijft open. Ik kantel mijn hoofd, er stroomt water en bloed naar mijn oog. Ik dacht dat de badkamer lichter was.

Het had gesneeuwd, voor het eerst sinds maanden
weer. Dat is winter, lang genoeg weg om telkens over te
komen als iets wat je niet kent.

Ik en vader gingen met Rauw, de herder, wandelen.
Hij stak zijn snuit in de sneeuw en keek omhoog zonder
het te snappen, een witte stip op zijn neus. We moes-
ten lachen. Hij tilde zijn poten hoger op dan anders.
We gingen naar het bos. Er waren nog geen mensen
geweest, zei vader, hij wees naar de grond, de ontbre-
kende sporen. Ik keek naar de bomen en zei dat ik de
witte rand mooier vond dan bladeren.

Rauw liep verder vooruit. Toen vader dat ook deed,
rolde ik de eerste sneeuwbal. Ik mikte op zijn hoofd en
raakte zijn schouder.

Hij draaide zich om. Hij had voor mijn gevoel
heel grote ogen. Met zijn handen graaide hij naar de
grond. Hij rende op me af, gooide beter dan ik, maar
mikte anders. Het leek de hele middag te duren, maar
waarschijnlijk was het een halfuur, of nog minder.
Toen de laatste bal was gegooid, keken we rond.
We riepen Rauw. We zochten tussen de wirwar van
afdrukken naar die van een dier; ze liepen weg van de
open plek.

Roos zingt iets, bijna stil, alsof ze alleen is en het
haast is vergeten. Ik pak de theedoek anders vast en
wrijf een bord droog. Het druiprek vult zich sneller
dan ik het kan legen, maar af en toe houdt Roos
halt. Ze legt de borstel op het aanrecht en stopt met

zingen. Na een tijdje kijkt ze mij aan om te vragen of het weer kan. Dan trek ik mijn wenkbrauwen op en begint ze weer.

De keuken ruikt naar appel. Ik pak een lang, smal glas uit het rek en maak van de doek een prop waarmee ik hem vul, anders lukt het niet.

Tijdens het afwassen hebben we alle kasten open. Ik vergeet altijd waar de spullen moeten liggen, zo kan ik het zien. Toen ik dat vertelde verbaasde het Roos. Ik haalde mijn schouders op en zei dat het waar was. Dat vond ze grappig, en ik daarna ook.

Ik pak een aardappelschilmesje.

— We hebben toch een dunschiller?

Ze kijkt naar het mesje.

— Die heb ik gebruikt. Deze lag er waarschijnlijk nog.

We zijn stil. Het duurt wat bestek en een beker voor ze weer begint met zingen. Bijna klaar. Ik pak een bord, daarna hoeft alleen nog een pan. In het licht zie ik hoe het water wegzakt. Ik droog terwijl ik wegkijk. Het bord moet in een kastje boven, ik wil het op de stapel leggen, maar mijn voet glijdt weg, mijn hand laat los, het bord valt en spat en rinkelt, we schrikken, mijn wang steekt, ik voel met mijn hand en mijn vingers worden rood.

We riepen de herdershond. We riepen Rauw en het echode verder, alsof tussen de bomen een soort tunnel

liep, een put. De sporen gingen maar door. Ze werden
steeds dieper, met minder nieuwe sneeuw.

— *Wat heeft 'ie gelopen, zei vader.*

Ik vond het spannend. Onze hond was gaan verken-
nen, en nu gingen wij verkennen wat de hond had
verkend. Ik weet niet of ik dat toen zo verwoordde in
mijn hoofd.

Allemaal bomen. Zoveel bomen dat je kwijtraakt
op hoeveel plekken je bent geweest. Als een huis uit
ruimtes bestaat, dan een bos uit tijd. Op een gegeven
moment sloeg het spoor af, maar verderop kwam het
terug en ging het verder. Rauw maakte een omweg.

In de verte was het licht feller. Nog feller dan de
weerkaatsingen in de sneeuw. Ik kneep mijn ogen tot
spleetjes, pakte de grotere hand vast. Steeds meer
moest ik mijn voeten tillen.

De verte was ijs. De sporen liepen door.

Vader ademde snel en diep in.

— *Nee, toch, zei hij.*

Ik begreep het nog niet echt.

Hij tuurde of hij een gat zag. Hij schatte in hoe diep
het was. Zei dat ik moest blijven staan, begon met zijn
voet te stampen tot het brak. Het drong steeds meer
door. Ik stond daar, stil, terwijl hij tot zijn middel in
het water daalde. Het lichaam ging steeds verder weg.
Uiteindelijk brak hij het ijs met zijn ellebogen.

Toen kwam daar een hond omhoog, op zijn armen.
Hij keek over zijn schouder, ik zag zijn ogen.

Ik kijk naar de laatste foto die van hem gemaakt is. Ik word bijna zo oud als hij toen, zou op zijn leeftijd op hem lijken als die snee er niet zat. 'Portret zonder wond', zo kan de foto heten. Ik leg mijn hand op de stof om mijn hoofd.

— Weet je waar mijn sjaal ligt? roept Roos.

— Nee, roep ik terug.

Meestal blijf ik stil als ik iets niet weet, desnoods schud ik mijn hoofd, maar dat werkt niet op afstand.

— O! hoor ik haar later.

Ik sta op uit de stoel, zet de lijst op de schouw rechter. Er ligt half verbrand hout in de haard. Ik pak mijn jas van de rugleuning en trek hem aan, mijn jas en mijn handschoenen, een sjaal, duw ze dicht tegen me aan alsof ik het nu al koud heb. Bij de voordeur roep ik of ze bijna klaar is. Ze komt eraan. Ik draai het slot alvast open, zet de deur op een kier. Het duurt nog even. Dan staat ze naast me in de hal.

— Gaan? vraagt ze.

Ik kijk naar haar sjaal.

— Ja, we gaan.

We stappen naar buiten, ik trek de deur achter ons dicht. Om zeker te weten dat hij vastzit, probeer ik hem te openen.

De hele weg naar huis keek ik naar de herdershond. Ik probeerde te zien of hij keek, of zijn longen bewogen. Of

Rauw nog in het dier zat. We liepen langs alle sporen
weer terug, de laatste waren alweer vol gesneeuwd,
misschien maakten we ze opnieuw, op dezelfde plek.

Ik wilde vaders hand vastpakken, zoals op de heen-
weg. Dat kon niet. Dat begreep ik wel. Maar toch.

In mijn herinnering kwamen we niemand tegen.
Liep er verder niemand anders door het bos of door de
straten. Niemand anders die het zien kon.

Ik denk dat hij wist dat de hond het niet zou halen.
Ik denk nu dat hij doorhad dat hij dat lichaam voor
niets aan het tillen was. Dat het voorlopig nog door-
ging, maar binnenkort al zou stoppen. Als ik me zijn
gezicht probeer te herinneren, toen, kijkt hij niet
bezorgd maar neerslachtig.

Hij was de hond niet meer aan het tillen, maar mij.

We kwamen thuis, mijn vader nog steeds half nat.
Moeder schrok. Vader legde Rauw op de achterbank
van de auto, kleedde zich niet eens om. Hij reed weg.
Hoopte dat er genoeg zout was gestrooid op de wegen.
Mijn moeder zei dat ik maar thuis moest blijven.
Ze maakte thee en ging met mij aan tafel zitten. Ik
staarde de hele tijd uit het raam. Buiten bleef het
maar sneeuwen. Toen ik die ochtend was ontwaakt en
mijn gordijn opzij had geschoven, was ik nog opgewekt
geworden. Nu vroeg ik of het stoppen mocht. Mijn
moeder pakte mijn hand. Hoe zeg je dat, mijn vader
kwam later terug met de hond, of zonder de hond. Hoe
zeg je dat.

Nergens hoor ik ooit nog het geluid van grind,
alleen op een begraafplaats. Vanaf de ingang zie je
al die kamerloze wanden, je kijkt van boven neer op
paden langs stenen waarin namen gesneden zijn.

We lopen de trap af, al is de ene tree amper hoger
dan de ander.

Het is een soort labyrint. Al die namen door
elkaar. Er zit niet echt een volgorde in, denk ik.
Roos volgt mij, ik weet in welk gedeelte we moeten
zijn.

Ik zou kunnen zeggen dat de lucht er onverschil-
lig bijhangt. Een andere dag had ik dat misschien
grauw genoemd. Lucht drukt zich niet zo scherp uit.

We komen aan bij de juiste rij, lopen het veld in.
Langs andere stenen, voor andere mensen van wie
ik de namen langzaam begin te herkennen.

Wij, tussen de rijen en rijen en rijen. De jaartallen
naast zijn naam lijken net een rekensom.
— Zullen we straks ook langs je moeder gaan?
Ik knik.
— Slaapt ze niet?
— Dat weet ik niet, we zien wel.

Soms kijk ik even langs de steen, dan weer naar
de gravering in het graniet. Ik denk aan zijn gezicht.
Of gezichten. Zijn postuur. De manier waarop
hij praatte; ik bedenk een zin in mijn hoofd, laat
hem klinken zoals hij hem zou zeggen, hoewel het
misschien iets is wat hij nooit heeft gezegd.

Ik trek een handschoen uit. Ik stap van het grind, langs het graf in het gras, dichterbij. Even kijk ik naar de toppen van mijn vingers. Vervolgens probeer ik ze in de groef te duwen. De lucht voelt net zo koud als de steen, dus ik weet het niet zeker, maar misschien vul ik hem tot in de punt.

de wolf, die me volgde, huilt —
een wolk bladeren

KOBAYASHI ISSA

BODEM

Een onzekere nagalm in de klankkast. Is echoën
iets anders dan proberen te laten klinken wat er
niet is? Zoals herinneren. Zoals woorden dat doen.

Ik bedenk een groep mensen die samen een altaar
maken. En ze zeggen elkaar niks. Nu nog niet, in
ieder geval.

Bij de minste beweging kraakt de pianokruk.
Bepaalde schroeven die eigenlijk vaster moeten.
Mijn voet drukt nog steeds het pedaal naar bene-
den.

Ik heb nog niet gegeten vandaag.

Die groep mensen, ze komen ergens vandaan,
misschien van verschillende plaatsen. Ze zijn verzameld, en ze verzamelen. Stenen. Ze stapelen.

De noten staan op papier. Een prelude. Veel kleine
motieven, ze wisselen elkaar af, ze herhalen elkaar,
maar net even anders. Dan zit er een korte noot
tussen twee andere die elkaar daarvoor nog opvolg-
den, of is er een verdwenen.

Motief, dat komt van wat *bewogen* betekende.

Een heuveltop. Eromheen rottende bomen. Er
heerst een droogte, misschien daarom dat altaar.

Ik probeer voor de mensen gezichten te verzinnen, maar ze komen er niet. Hoofdvormen, die wel, en een vage indicatie van hun haar.

Een oude man, een oude hand, gespreide vingers rond een gladde kei. Hij loopt naar het midden, waar de stenen inmiddels een rechthoek vormen.

Het is al lang donker, trouwens. Zowel hier bij mij als daar.

Ze kiezen de stenen uit, weten niet precies waar dat van afhangt, maar sommige voldoen en andere laten ze liggen.

Je zou je af kunnen vragen of een muziekstuk er alleen is wanneer het gespeeld wordt. Of dat het spelen juist iets anders is, dat het stuk is zoals het op papier staat. Misschien zijn ze het beide niet, is het muziekstuk altijd ergens anders — misschien is de prelude iets dat ik in gedachten had toen ik dit schreef, een onbepaalde verzameling ingevingen die het lang niet allemaal hebben gered.

Het zijn in ieder geval allemaal keuzes.

Ook de mensen op de heuvel weten het. Je kunt je niet onttrekken aan het maken van een keuze: dat zou zelf een keuze zijn. Oprecht zijn is vooral iets dat je wilt, want elke confessie is onaf, ieder verhaal geeft uiteindelijk ook een grens aan met wat weggelaten is.

Een altaar, zullen ze gedacht hebben, dat dient tenminste een doel. En de bomen rotten toch al. Als het brandt is het nog warmte.

Ik houd er wel van om met mensen te praten, maar denk achteraf toch altijd dat ik nog iets had willen zeggen. Gesprekken zijn altijd te kort.

En dan zo'n stuk muziek. Een paar stemmen, bewegingen — ook een conversatie. Tot uiteindelijk alles samenkomt in een cadens, tot alles oplost naar een einde. Maar ook aan mijn stukken schrijf ik nooit een compleet consonant slot, nooit een te zuivere drieklank. Ik weet niet waarom. Ik kan er ook niet tegen.

Een van die mensen, op die heuvel, is een vader. Dat werd hij toen hij een zoon kreeg, en die zoon was meteen al een zoon.

Conversatie, trouwens, komt van omkeren, of overdenken, of samenzijn, of dwalen. Het heeft iets weg van gezelschap houden. Daar komen dan woorden bij.

En die vader converseert maar weinig. Hij dwaalt
wel, hij maakt lange wandelingen, en hij praat
hardop maar vaak ook tegen zichzelf, terwijl hij zich
iets voor de geest haalt wat al lang is geweest.

Ook daar kan ik niet tegen, soms.

Nu die stenen. Allemaal stenen. Stenen op stenen.
Benen worden moe van het heen en weer lopen,
maar ze lopen door. Ogen vallen dicht maar de
mensen dwingen ze weer open.

Iemand blijft stilstaan. Hij heeft zijn zoveelste steen
gelegd. Hij keert nog niet om. Een altaar is nooit af,
misschien, een altaar komt na het einde, en als het
einde al achter je ligt kun je alleen nog maar door-
gaan. Volhouden.

Dat zegt hij tegen zichzelf: probeer, als het je lukt,
te willen wat je kunt verdragen niet te hebben. En
als dat niet lukt, als wat je wilt het verdragen zelf is,
besef dit: je doet het nog.

En hij wil de omvang vergeten en zich richten op
wat voor zich ligt, alles opdelen in kleinere stappen.
Dat is voorlopig haalbaar.

En dan wordt het langzaam helder; die stapel
stenen, dat altaar: een graf.

Een catastrofe. Iets wat de natuur zich aandoet.

Ik dacht dat het af was, het stuk, maar schrijf er
toch nog bij, in de laatste maten: *pianissimo, poco
a poco decrescendo*. Traag steeds stiller. En ik leg de
pen weer weg. Ik speel een paar noten, een wille-
keurige maat; ik begin niet bij het begin en speel
niet door tot het einde.

Een dissonant interval kan zachter worden als je er
een toon aan toevoegt. Dat is ook een motief: eerst
dat scherpe, dan die toon, en wat net sneed, wat
net een wond maakte is er nog, maar het klinkt niet
meer zo.

Ik zou willen dat ik die mensen er niet voor nodig
heb, en die heuvel, en dat altaar.

Ik zou willen dat ik iets kon zeggen zonder een
keuze te maken in wat. Zonder tussenkomst van
twijfels — hoe iets overkomt, of ik recht doe aan een
tekst, of ik geen last heb van andere intenties. Iets
zeggen zonder tussenkomst van mezelf. Zoals een
boom groeit, zonder erover na te denken. Dat zou ik
willen.

Degene die stil bleef staan is weer omgedraaid.
Hij is ook een zoon, maar niet die eerste. Zijn vader
was al een vader. Zijn moeder al een moeder. En
hij denkt terug aan voor hij er was. Eerst kwam de

oudste, die zoon, waardoor zijn vader vader en zijn moeder moeder werd.

Toen kwam iets, maar kwam het niet.

Dat is de andere kant van verwachting.

Vervolgens kwam hij, en hij kan het zich niet voorstellen: dat hij geboren werd en er misschien opluchting was, dat zijn verwachting ook vol was van een andere angst, en ineens niet meer, *hij leeft, hij leeft* — omdat die vanzelfsprekendheid al verdwenen was.

Een echo, een vorm van een formerend lichaam in een beeld onhelder als de nacht.

Hij kreeg de naam die de vorige keer was overgebleven. Een vernoeming die niet alleen naar voorouders verwijst.

Dat is waarom ik weet dat je kunt missen wat er amper is geweest. Wat er amper nog is, in zo'n naam, *Roelof*. Daar zit een wolf in, maar die is vervormd tot *lof*. Van *belofte*. Iets dat had moeten worden ingelost.

Herinneren, dat is ook altijd iets anders, iets nieuws. Het is niet wat het was, het wordt gevuld met wat erna kwam. En alles wat komt, komt binnen in wat er al is. Het is geen lijn. Het zijn lijnen, door elkaar. Motieven. Hoe iets bewogen wordt.

En misschien is een altaar nooit af, maar ze stoppen met stapelen, de mensen, en breken rotte takken van stammen. Die leggen ze erop.

En ik speel het stuk in zijn geheel, alles wat ervan te spelen valt.

Het vat vlam.

Het was al lang donker, maar er vallen nu schaduwen — ze vormen mensen, de vlammen. Ook motieven, ook de hele tijd bewogen, ze bewegen, als mijn vingers en daardoor ook de tonen.

En het knispert, *pianissimo*, het afgebroken hout wordt licht en het licht verlicht, het knispert, *poco a poco decrescendo*, de hele nacht lang, die hele echo vol.